公元787年,唐封疆大吏马总集诸子精华,编著成《意林》一书6卷,流传至今

意林: 始于公元787年,距今1200余年

纯正+阳光+向上
为中国女生量身打造优质课外读物

我们是小淑女

优雅，聪慧，阳光，快乐，甜蜜，
勤奋，包容，恬静，浪漫，唯美，璀璨。
善解人意，才华横溢，从容淡定，
独立有主见，时常感恩，心怀美好。
爱学习，爱阅读，爱幻想，睿智有深度，独具品位。

意林励志·MiniMiss 荣誉出品
小MM品牌书系 · 淑女文学馆 · 公主天下系列 009
荡气回肠的古风浪漫小说，独属于公主们的传奇故事

沉香子 ◎著

兰陵公主

玉京谣（贰）

吉林摄影出版社

·长春·

小小姐 MiniMiss 出品

图书在版编目（CIP）数据

兰陵公主·玉京谣.贰/沉香子著.-- 长春：吉林摄影出版社，2018.8
（公主天下系列）
ISBN 978-7-5498-3710-6

Ⅰ.①兰… Ⅱ.①沉… Ⅲ.①长篇小说-中国-当代 Ⅳ.①I247.5

中国版本图书馆CIP数据核字(2018)第180111号

兰陵公主·玉京谣（贰）
Lanling Gongzhu · Yujingyao（Er）

著　　者	沉香子
出 版 人	孙洪军
总 策 划	阿朱
责任编辑	施岚　胡晓路
特约编辑	魏娜
图书统筹	空心菜
绘　　图	满月
书籍装帧	胡静梅
美术编辑	王周益
作家经纪部	卢晓凤
开　　本	700mm×1000mm　1/16
字　　数	210千字
印　　张	13
版　　次	2018年8月第1版
印　　次	2018年8月第1次印刷

出　　版	吉林摄影出版社
发　　行	吉林摄影出版社
地　　址	长春市泰来街1825号
	邮编：130062
电　　话	总编办：0431-86012616
	发行科：0431-86012602
网　　址	www.jlsycbs.net
经　　销	全国各地新华书店
印　　刷	河北鹏润印刷有限公司
书　　号	ISBN 978-7-5498-3710-6　　定价：24.90元

版权所有　侵权必究

如发现印装质量问题，请与印务部联系退换，电话：010-51908584

为中国女生量身打造优质课外读物

文◎《意林·小小姐》书系总策划 阿朱

2010年1月,意林集团专门为女孩量身定做的读物《意林·小小姐》诞生了。创办之初,《意林·小小姐》旗帜鲜明地打出口号——"女孩都是小淑女,小MM陪你优雅过花季","淑女"取意为"内心美好、品质优秀的女孩",明确为中国8~18岁的优质女孩服务,以"帮助女孩在快乐阅读中提高文学修养和综合素质"为宗旨,坚持"纯正、阳光、向上"的风格导向,内容着眼于"青春、梦想、成长、励志",以期打造全新的、真正适合女孩阅读的健康课外读物。

凭借这样的精准定位和独特理念,《意林·小小姐》上市后,很快赢得女孩们的喜爱,在校园中引起巨大反响,女孩们表示:"终于有女生的专门读物了!超级好看!"家长和老师也纷纷给出"孩子看后成长了很多""孩子的作文水平明显提高了"之类的积极反馈。2011年6月,在读者的强烈要求下,《意林·小小姐》在坚持宗旨、质量不变的前提下,出版频率加快,由原来的每月一期增加为每月两期;同年10月,《意林·小小姐》月发行量突破50万册,潜在读者超过80万人,其作为优质女孩喜爱的健康课外读物的地位逐渐形成,而迅猛增长的销售业绩也引来业界极大关注,开始得到一些同行的跟风模仿,市面上类似风格的女孩读物相继出现(当然,最后能经得住市场检验的很少)。

2010年7月,《意林·小小姐》开始涉足图书出版领域,编辑部陆续推出《蔷薇少女馆(全套)》《迷藏(Ⅰ~Ⅳ)》《悠莉宠物店(全套)》《七寻记(Ⅰ~Ⅳ)》《钢琴小淑女(第一季~第六季)》《星愿大陆(①~⑨)》《现在是女生时代(①~⑤)》及"浪漫星语"十二星座小说系列等数十种图书,这些书在全国中小学校园中广为流传,无数小读者为之痴迷、陶醉,"《意林·小小姐》出品的图书本本畅销"这一观点也成为众多书店、经销商的共识。"《意林·小小姐》现象"逐渐成为一种社会现象,为各方所津津乐道。

2012年,创办满两周年的《意林·小小姐》步入加速发展轨道,编辑部创造性地提出"女生文学"概念,并将之上升到与儿童文学、青春文学并列的重要文学形态,《意林·小小姐》专注于为成长中的女孩服务的想法也更加清晰,编辑部计划在未来几年内,以每年出版几十种新书的速度,采用短篇文集、长篇小说、原创漫画、故事绘本等多种类型齐头并进的形式,为女孩们提供一批有规模、有质量、有品位的精品读物,打造中国女生喜爱的文学品牌。

在2012年7月之后出版(或修订)的所有《意林·小小姐》"淑女文学馆"系列新书中,我们都会特别放置这篇名为《为中国女生量身打造优质课外读物》的文章,来阐述我们对于建设中国女生文学以及推动女生健康阅读的崭新理念与思考。

★女生一定要选择适合自己的女生文学读物

首先,什么是女生文学?

《意林·小小姐》所定义的女生文学是指专门为女孩(特指8~18岁女孩)创作并适合女孩阅读的、符合女孩心理特点和审美要求、有利于女孩身心健康发展的各种文学作品。简单来说,就是所有适合女孩阅读的健康课外读物。

目前,国内未成年人的文学阅读笼统地分为儿童文学、青春文学等大类,市场上很难找到专门针对女孩创作的有规模、系统化的读物。事实上,女孩和男孩的大脑结构不同,思维方式、理解能力、审美要求不同,在阅读上也要区分性别,选择不同的读物。

《意林·小小姐》系列读物立足于女孩性别特点,专门为女孩量身打造,是专属于女孩们自己的读物,合乎年纪,合乎趣味,外观时尚、唯美、优雅,内容纯正、阳光、向上,是真正适合女孩阅读的健康课外读物,带给女孩全新的阅读体验。

★女生通过阅读女生文学读物提升写作能力,获取成长养分

8~18岁正是快速吸收养分、奠定阅读基础的黄金年龄,对于女孩一生的成长至关重要。《意林·小小姐》提倡女生文学要打破市场常规,"从低幼儿童文学及少女言情中解放出来",以深浅适度、风格纯正、健康向上、可读性与文学性兼具的内容,帮助女孩在快乐阅读中提高阅读理解能力、作文写作能力,汲取成长经验、成长智慧,全面提升素质。

在故事类型上,《意林·小小姐》系列读物既有贴近女孩生活和心灵的校园故事、成长故事、亲情友情故事等,又有极富想象力的冒险故事、幻想故事等,每篇文章的选取都将标准锁定为"题材新颖、内容阳光、主题积极向上、文风优雅纯正",并坚持拒绝浅薄幼稚、庸俗无聊、花哨言情等无内涵的文章。女孩们在健康文学的长期熏陶下,语感增强了,素材丰富了,思维开阔了,自然能做到心中有故事、下笔有话说,不再为作文犯愁;同时,这些文章里蕴含的温暖励志内核,诸如阳光、善良、真诚、包容、坚强、勇敢、善解人意、独立有主见等精神,都能激发女孩正面心态的能量,帮助她们成长为内心强大的女孩,为将来的人生打底。

★女生文学读物要品质化、品牌化、系统化

《意林·小小姐》创办的时间不长,但读者的忠诚度、信赖度和美誉度在国内首屈一指,已经形成明显的品牌优势,它集"好看""清新""唯美""阳光""优雅""品位"等各种美好感觉于一身,始终以女孩的阅读感受为根本,全心全意为女孩服务,专心致志打造一流读物、精品读物。

读者的认可和喜爱,得益于《意林·小小姐》对文稿质量近乎苛刻的严格把关。为《意林·小小姐》供稿的作者,既有实力派中青年儿童文学作家,又有青春新锐派文学

作者，编辑部每月收到近千封来稿，经过反复筛选、修改、优中选优，最终确定30篇左右刊出；对于长篇图书出版，编辑部始终坚持"用心、专业、永续经营"的理念，不追求过度商业化、批量化生产，每一本书稿都精雕细琢、反复打磨，已出版的每一本图书几乎都成为业内畅销书经典，而《意林·小小姐》所倡导的女生文学概念及标准也成为业内标杆，引来众多同行追随。

除此之外，编辑部与一大批有潜力的青年作者建立了长期的独家合作关系，这些作者通过《意林·小小姐》、网络、电话、读者见面会等各种渠道，常年坚持在第一线与读者互动，倾听读者心声，保持创作活力源源不断。目前《意林·小小姐》独家签约作者的队伍仍在不断壮大，我们希望用几年甚至十几年的时间，形成有较大社会影响力的专业化女生文学创作基地。

为避免女孩因为阅读口味单一而造成阅读面、知识面过于狭窄，《意林·小小姐》除了做好文学类图书外，也努力开发适合女孩阅读的其他类别读物，比如励志、科普、时尚、生活类选题，同时力求经营品种以及传播途径上的多样化，依托原创精品内容，开发数字化传播、动漫、影视、游戏、周边产品、女生网络社区等，做好精品故事的深度经营，构筑全产业链发展模式。在销售渠道上，除传统的零售、邮局、校网等，我们逐渐在各地设立女生文学专柜和品牌专卖店，力争让读者随手可取，购买方便。

★ 为女孩营造愉快的阅读体验

《意林·小小姐》系列读物无论在内容还是包装上都具有较高的辨识度，为了方便读者寻找，我们对2012年7月之后出版（或修订）的新书做了统一规划：

○ 认准独家标志

《意林·小小姐》出品的所有图书，在腰封和封底上都有"意林""Mini Miss出品·女生文学"的独家标志（图1）；在书脊上，除了"意林"以及"Mini Miss"字体logo外，每本书还特别放置了"封面女孩"形象（图2），便于读者辨认和收藏；在前、后勒口上，每本书都有"纯正、阳光、向上，为中国女生量身打造优质课外读物"（图3）。

图1

图2

图3

○识别编号

《意林·小小姐》出品的所有图书都将逐渐归于"淑女文学馆""淑女漫绘馆""淑女励志馆""淑女风尚馆""淑女生活馆"等特色馆（新馆不断添加中），每本书都有属于自己的编号，比如：

代表这本书所属类别是淑女文学类，编号为冒险励志系列004，即此系列的第四本书，在这本书之前，自然已经出版了001、002、003，后面也会有005、006、007……陆续上市；图书封底的总编号则代表了这本书在《意林·小小姐》所有出品图书中的总排序。

○女孩特色包装

每本图书都会配备一张淡雅的紫色或粉色前衬页，上面印有"意林"及"Mini Miss"字体logo；在小说类单色印刷的图书中，会加有4页铜版纸彩色插图页，第一页的"淑女宣言"（图4）代表了《意林·小小姐》所提倡的优质女孩精神，第四页则标明了本书所属的系列及编号（图5）。

图4

图5

我们目前所使用的字体、字号以及行距，是在经过大量调查研究和多次测试后确定的，适合成长中的女孩阅读，每一页的内容既充实，又不至于给读者造成阅读疲劳。

所有的一切都是为了给成长中的女孩提供价值导向健康、养分丰富、品质优良的课外读物，营造愉快的阅读体验，我们希望以传媒人"有爱有担当"的社会责任感和"一生只做一件事"的专注精神，不遗余力地建设女生文学，推动女生阅读向前发展，全力打造中国女生喜爱的文学品牌！

目录 contents

页码	章节	标题
001	第一章	秘卷传人
019	第二章	戴罪昭仪
037	第三章	真假龙袍
057	第四章	遴选东宫
075	第五章	伴读书童
093	第六章	欲加之罪
113	第七章	策论风波
133	第八章	请君入瓮
151	第九章	升任女史
169	第十章	兵临城下
189	篇外之	劫后相见
193	篇外之	心存忧患

第一章
秘卷传人

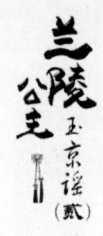

青碧如洗的天幕，丝缕云翳吞噬了最后一缕金乌余晖。

妃姜行走在通往泽福殿的路上，不知何处飘来的雨丝贴在她的脸上，激起了暮春的寒意，她轻微地激灵了一下，抬眼望天，心情如同这天色，明暗不定，云翳暗生。

临行前有宫女带着艳羡的口吻："真羡慕你啊，妃姜，可以被调去伺候皇后。"

"有什么好羡慕的？伺候谁不是伺候，尽心便行。"

"那怎么能一样呢？你看被调去伺候苏贵嫔的彩月，别说赏赐了，就连每个月的例银都比我们多啊。"

"是啊是啊，你伺候的可是皇后，可比苏贵嫔更尊贵呢。"

但是对于这份人人称羡的美差，妃姜却并没有抱着与他人同样的期盼，隐隐地，她觉得皇后并不是因为欣赏自己才挑选了自己。

这个念头如云翳般飘浮在妃姜心头，却很快被清风吹散，她毕竟是个开朗豁达的少女，很快便抛开这些念头，脚步轻快地穿过宽广的甬道，前头隐约可见庑殿顶的琉璃碧瓦。

皇后在寝殿中央端凝而坐，不经意打量着在殿下跪着的妃姜，那张圆润的小脸犹有未干的雨水，像枝头的苹果沾上了晨曦的露珠，鲜嫩欲滴。

妃姜不敢抬头正视皇后，心里揣摩着皇后调自己过来的意图，却久久不闻声息，双膝跪得有些发麻。

"果然是个招人喜欢的孩子，怪不得苏贵嫔那么挑剔的人都曾经盛赞过你，连赟儿都想调你去东宫。"皇后终于开口，淡淡的口吻听不出异常，脸上尚带着浅浅的笑意，雍容而不失温雅。

"好了，迎芳，你带妃姜去安置一下，顺带提点她泽福殿的规矩。"

迎芳是皇后身边的近身大宫女，和苏贵嫔身边的苏芫一样，备受宠信。妃姜跟在她的身后，举止小心翼翼，亦步亦趋。

将妩姜带到宫女住宿的耳房，迎芳顿住了脚步回头看她："好了，规矩说完了，你有不明白之处再向我询问，万事不可自作主张。在这里，宁少做勿出错，明白吗？"

"明白了，姑姑。"妩姜温顺地应了，略抬头看了迎芳一眼，身为皇后的陪嫁婢女，她已年近不惑，身材略发福，圆脸上笑容和蔼。虽说同为主子身边的贴身奴婢，迎芳却没有苏芫的盛气凌人，到底上了些年纪，看起来处事要圆融得多。

目送迎芳离去，妩姜突然听到一声欣喜的低唤："小妩姜！"

妩姜纳罕地回头，才发现耳房里探出一颗小脑袋来，竟然是多时不见的安陌。当年两个人一同在浣衣局，没想到被调到皇后身边还有重逢的一日。

两个人相见甚欢，进屋叙了一下别情，才知道安陌原本也是北齐降臣之女，以罪奴身份没入掖庭，但因为她的父亲颇有才干，又懂得经营，很快在朝中崭露头角，升为了正六品谏议大夫，她也因此被调出掖庭来伺候皇后。

"人人都羡慕我能从掖庭调出来伺候皇后，说是一步登天飞上枝头，可谁知道皇后又能做多久呢？"聊到兴酣处，安陌不留神说漏了嘴，跟着"啊"一声轻呼，伸手掩口，紧张兮兮地跑到门外去探看了一下，赶紧关上门又溜进来。

妩姜很是不解地看着她，不明白最后一句话是什么意思。但她清楚安陌是个藏不住话的人，即便不问也会自己说出来，因此她看起来毫不在意，安静得仿佛没听到那句话。

妩姜越是如此，安陌越是按捺不住，在狭窄的通铺间来来回回走了几圈，忍不住开口："你怎么就不好奇呢？也不问问我刚才的话是什么意思？"

"如果不方便的话，安陌姐姐还是不要说了。"妩姜有些好笑地看她，知道越这样说安陌越是会心急。

"哎呀呀，你可真是孤陋寡闻……"安陌叽叽喳喳地说开了，从她的叙述中，妩姜才明白自从小皇子中毒一事后，周帝再也没有踏足过泽福殿。以往他虽然独宠苏贵嫔，但对皇后总算礼敬有加，常来探望，从未如此冷淡。而这一

切,都要归咎于陈兆临死前朝皇后别有深意的那一眼。

对此外人虽不知情,泽福殿的宫人们却是明明白白的,私下里偶尔暗传,难道周帝要另立新后了?

妘姜微微蹙起了眉头,这种捕风捉影的事,宫人们暗地讨论只会以讹传讹,实在不是什么好事。但是看安陌说得眉飞色舞又连声叹息的模样,她只能沉默地倾听,毕竟她已经不是浣衣局那个不谙世事的小宫女了,这大半年来,她的心智成熟了很多,并不打算跟安陌讨论此事。

"哎,你怎么无动于衷?"安陌终于忍不住了。

"我看我们还是不要私下里议论这种事为好,胡乱揣测,妄议主上,不合我们的身份。"

"你……"安陌气结,看着眼前的妘姜,个头儿比从前高不了多少,圆圆的小脸上却脱了几分稚气,多了几分镇定,看起来仍是那个妘姜,眼神却有些不同了。

安陌悻悻地不再说话,两个人都没有发现屋外不知何时多了一双绣鞋,在她们的谈论静止时悄无声息地离去。

皇后坐在寝殿正中,屈肘搁在扶手上,手指按揉着眉心,仿佛没有听明白面前的宇文赟在说些什么,任凭他旁敲侧击使尽解数,就是一脸疲态地应对,末了还打了个哈欠,皱眉看着他:"天色不早,赟儿你该回宫歇下了,我都乏了,上了年纪的人比不得你们年轻人,实在困倦不堪,连你说什么也没听清。"

宇文赟张了张口,敢情他刚才是白费口舌了,皇后一直是昏昏欲睡没听清他的试探。看起来不管皇后的态度是真是假,想要把妘姜从她身边要走是不太可能了。

宇文赟无精打采地刚走,迎芳便回到殿内,靠近了皇后附耳低语几句,皇后脸上的倦意一扫而空,取而代之的是双目清明,眼神深邃,带着不易察觉的疑惑。

"这孩子，看起来很知进退，不像会饶舌的人。"

皇后扫了她一眼："不要轻易下定论，你以为她年纪小，看起来单纯就一定可靠？能让苏贵嫔称赞，又被太子看中的人，显然不是外表那么……"尚未等她说完，外头又有通传声，是二殿下宇文赞过来请安了。

"你看你看，又来了。"皇后再次蹙眉。宇文赞在掖庭为了妘姜受罚而指责钱积纬的事早传到了她耳中，当初她并没有把这当回事，后来妘姜身上发生的事越来越多，加上小皇子的中毒事件，她一查之下才发现这个小宫女竟然一点儿也不简单，经历竟然如此复杂，和两位皇子都有牵扯。

"说我睡下了……"

未等皇后话音落下，门外已传来宇文赞的声音，想来是外头宫女未曾拦得住他。

皇后那句"不见"的托词应是被他听见了，可他神色如常地进来，仿佛什么也没有听见一样，恭恭敬敬地跪下请安。

皇后便也只能微笑着应了一声，脸上笑容慈霭："赞儿今日怎么会来这里？"

"只是路过此处，顺道来给皇后娘娘请安而已，并无他意。"

皇后倒是有些意外，寒暄了几句，竟然没听他开口请求什么，便告退了。

宇文赞离去之后，皇后扶着额头沉思，迎芳笑着道："皇后这回倒是猜错了，二殿下不是来给那小丫头求情的。"

"你错了，他只是听见了我那句话，知道我不愿见他，便知难而退了。这孩子，比赟儿可多了个心眼儿。"

迎芳愕然。

宇文赞出了寝殿门，绕了个圈子，又悄悄回了泽福殿，径直往宫女住的偏殿耳房而去。

不出所料，妩姜正在灯下练字，安陌倒是呼呼地睡着了。

妩姜抬头见他，略有惊愕之色，宇文赞做了个"嘘"的手势，朝她勾了勾手指，她便放下笔悄悄出门，两个人在花丛间寻了一方长条石凳坐下来。

宇文赞将宇文赟碰壁和今晚自己被拒的事说了一遍，神色凝重地道："你可要小心了，皇后调你来，绝不是什么好事。自打父皇冷落她之后，我打探到她一直在查陈兆生前的事，尤其是御膳房的人，明里暗里不知被盘问了多少回。虽说到最后摩煊是死在你手里的，可皇后是个聪明人，她想必是发现了什么蛛丝马迹，要从你身上查到些什么。"

"皇后娘娘要查我，直接盘问便可，为何要将我调到身边？如果我有问题，她岂不危险？"

宇文赞摇摇头："这个我也不太清楚，但料想是因为你杀了摩煊，救了小弟，在父皇面前可是功臣，不能随便审问。"

妩姜默默低头深思了片刻，抬脸朝他一笑："我知道了，我会小心的。"

"但是……"

"你不用为我担心。"

宇文赞离去后，妩姜长吁了一口气，将那晚的事反复回想了几遍，又思量了一阵，隐约明白了皇后的用心。

有人要伤害小皇子，却不是准太子宇文赟，那么背后黑手应当不是敌国奸细，他们只会对太子下手来造成北周混乱，不可能去伤害一个毫无威胁的小婴儿；排除了这一点，还有一个可能就是立储之争，要说竞争力最大的肯定是宇文赞，只有他是适龄的皇子，有能力与宇文赟一争长短，至于小皇子宇文元，无论苏贵嫔再怎么得宠，他也只是个幼儿，况且当时东宫之争差不多已经到了尾声，无论宇文赟还是宇文赞的拥趸之臣都犯不着去伤小皇子；那么剩下的可能，只有嫔妃争宠。

要说妒忌苏贵嫔的人是很多，可是有能力有胆量动她的却屈指可数。要么是皇后，要么是另一名宠妃柳昭仪，也就是柳述的姑姑。可是柳氏家族肯定得罪不起当时独揽朝纲的宇文护，就连周帝都对他礼让三分，柳昭仪胆敢得罪他的可能性并不大。

因此剩下最大嫌疑——皇后，也就难怪周帝会因为陈兆死前的那一眼对皇后冷落至今了。可是皇后既然在暗中调查这件事，就证明幕后黑手并不是她，否则她应该见好就收，低调收敛了。

那么黑手到底是谁呢？谁能跟苏贵嫔有仇，甚至不惜伤害一个无辜的幼儿？

一个大胆的假设渐渐浮出水面，真相仿佛烟雨水气笼罩中的泽福殿，妩姜已经隐约看见了它的轮廓，就差拨开这层水气，得窥一隅了。

妩姜一向勤快，做事认真，没多久便得到了泽福殿上下的赞许，连挑剔的迎芳姑姑偶尔也会在皇后面前说她能干。

皇后原本容颜美丽，脸上却无故长出些黧黑斑点来，本来就常对镜自叹，如今宇文邕多时不踏足泽福殿，连自己都对自己的相貌生出厌恨之心来，往往一照镜子便"啪"地将镜面合上。

妩姜知道她为自己脸上的黧黑斑烦恼，便调制了一味玉容散的香方，每日为她敷面。这方子原出于香方，再和灵枢两人反复琢磨炮制，加了几味香料后才成，用了月余，皇后脸上果然有所好转，因此一日都少不了这香料。

妩姜在调制好香方送去的时候，正瞧见皇后和迎芳对着窗下灯火反复看着一张白纸，不知道在研究什么。瞧见她来，迎芳有些慌张，想将白纸收起来，一时未寻到妥帖之处，看起来更显得欲盖弥彰。

"好了，不过一张废纸，想来也没什么用，不如扔了。"皇后的语气中透着淡淡的不耐烦，显然对这张纸已研究太久，失望之至。

迎芳愣了一下，有些讪讪地将那张纸在手里攥了攥，似乎犹有不甘。

妩姜则伺候着皇后，轻柔小心地将打成糊的玉容散在她脸上敷匀。

皇后瞧见迎芳仍站在那里犹豫不决，不由有些恼怒："叫你扔了，还当个宝似的捏着做什么？"

"啊……"

"迎芳姑姑，奴婢正要告退，不如帮你扔了吧。"妩姜善解人意地伸出手去。

"也好。"皇后懒懒地开腔。

迎芳见皇后都没了兴致，也不再坚持，将皱巴巴的纸递给她。

出了殿门，妩姜将手里的纸攥成团，快步回房。

本能地，她觉得这张纸一定有问题，否则皇后和迎芳不会对着灯光打量那么久。可是在摇曳的烛火下，她展平了那张纸，上下左右地瞧着，始终看不出原委。

窗外月色西斜，树影婆娑，将一道拉长的影子投射在廊下。

妩姜伸出手指细细地抹平纸，来回地抚摸，陡然挑了一下眉。她迅速翻出笔墨来，蘸着墨的笔横斜着轻轻往纸上扫去。

渐渐地，纸上显现出一些隐约可见的字迹来，令她越看越是惊心。

"果然是这样……看来与我所料不差……"妩姜低低呢喃着，将那张纸小心翼翼叠起来，在屋内反复走了几步，然后快速走到门边。

窗外阴影闪动了一下，仿佛树影被飓风刮折一样，骤然动摇。

皇后的寝殿内，迎芳慌慌张张地进来便道："不好了，妩姜好像发现了那张纸上的秘密……我看见她用墨在纸上涂抹，便显现了字迹，只怕她要将那张纸毁掉！"

皇后敷满玉容散的脸上只有一双眼在滴溜溜地转，寒光一闪，扫了她一圈，语气倒是淡定："瞧你那上不得台面的样子，她哪能毁了那张纸，不是还有安陌在？"

迎芳吁了口气："还是皇后娘娘思虑缜密，神机妙算，果然知道她拿回去便会琢磨那纸上的字。这丫头也太厉害了，咱们看了好多天都解不了的秘密，她怎么只琢磨了一会儿就发现了？"

"这只有两个可能，一是她本就是同谋，二是她真的这么聪明……不管哪样，都要看她接下来会怎么做。其实那张纸就算被她毁了也无妨，她要是毁了，就是此地无银三百两，坐实了她参与毒害元儿的阴谋。那么只要抓住她，还怕逼问不出纸上写了什么？"

迎芳恍然大悟，连连称是。皇后先是故意要扔那张纸，再借纸来试探妩姜，真是一箭双雕。更妙的是，还早有安陌这颗棋子在监视着妩姜，她的一举一动都逃不过皇后的法眼。

妩姜虽然聪明，到底年轻，对这些人心鬼蜮哪里有皇后这么通透？迎芳轻轻舒了口气，心想着明天就该去把妩姜抓来审问了，希望这件案子就此查个水落石出。

天边刚露出鱼肚白,迎芳打了个哈欠打开殿门,打算先拾掇一下自己再去伺候皇后起床,结果在殿前廊下看见一道娇小的身影不安地徘徊,不由得愣住:"妩姜?"

"迎芳姑姑,奴婢有要事禀报皇后娘娘,劳烦通传。"

"可是皇后……"迎芳看着她,脸现为难之色,心里却在揣摩着。

"那奴婢在这里候着。"妩姜很是精乖,猜测到皇后尚未起床。

"让她进来吧。"里头却传来皇后慵懒的声音。

寝殿内暖香浮动,将将燃尽的紫铜瑞兽炉内依然有零星的红光,皇后床前茜纱帘低垂着,依稀能看见她半坐的身影。

"禀皇后,昨日您嘱咐迎芳姑姑扔掉的那张纸……"妩姜轻柔镇定的叙述声中,皇后白净优雅的手缓缓从帐纱下伸出来,接过了她呈上的那张纸。

静了良久,皇后并未对纸上的内容有所疑问,反倒问她:"你是怎么知道这种令字显形的方法的?"

"奴婢见皇后娘娘与迎芳姑姑一直在琢磨这张纸,料想总有些异常,回去后便展平了细细察看,用手摸了一阵,感觉上面有些地方格外滑,便想到从前在四司修习时,曾听师傅讲过用白矾溶于水写字,干后隐形,然后以颜料或墨水涂上,便能令字迹显现。这是因白矾水涂在纸上后便不能上色,因此摸上去,凡有白矾水写字的地方,都会有细微的润滑感,笔墨难以滞留。"

皇后轻吁了口气,怪不得她和迎芳看了那么久,明知这张纸必有蹊跷,却始终研究不透。

"你既然看到了这纸上的字,也该知道我对小皇子之事有所疑惑。这件事从御膳房查起,已牵连多人,我才得到这张纸,可这纸既无抬头称谓也无落款,仅凭它难以断定什么,你对此有何看法?"

妩姜垂首答:"奴婢身份低微,不敢置喙。"

"我让你说,你就说。"皇后听不到她的回音,顿了一下加重语气,"这件事，不只是关乎我的清白，还险些搭上了元儿一条小命，听说你对小皇子感情颇深，对于能加害那样一个无辜幼童的凶手，你难道没有一点儿愤慨之心？"

妩姜又沉默片刻，才轻声道："奴婢对皇后娘娘不该有所隐瞒，可是按奴婢的推断，这件事不好查……"

帷帐后皇后"唰"地坐正了，连茜纱似乎都被她震得无风自起。

"你说！"

妩姜无奈，只能缓缓将自己的推断一一道来，皇后满脸的惊愕之色被帷帐遮掩，可是妩姜分明看见她面前的轻纱抖动，显见她情绪激动，身体带得纱都震颤起来。

"这是不可能的！你胡乱揣测，可知后果？"

妩姜镇定地答："但这是最接近真相的推断。当然奴婢只能凭猜测，皇后却有能力去查证。"

皇后沉默了良久，吐了口气。妩姜的推断她虽然口中说不信，可是却与她近日来查证的蛛丝马迹越来越接近，不得不承认，她的内心已经相信这个推论。

幽暗的地牢密室中透出一线微光，有人提着宫灯缓步进入。

灯光透过茜色的绢纱打在室内，将这间狭窄逼仄的囚室映得晕红。这间密室的规模和诏狱比起来显然不可同日而语，因此唯一的铁栅后，五六名囚徒蜷缩在屋角或板床上，显得十分拥挤，老鼠和蟑螂的肆虐让他们不安地躲避，但这些都比不上宫灯后那张微映着灯光的脸令他们惊恐。

"奴婢参见皇后娘娘！"

虽然被关押多时，但他们并不知道捉拿自己的指使者究竟是谁，待见到皇后，他们隐隐觉得不安起来，指使者亲自现身，意味着东窗事发，也许大祸真的要临头了。

"被关押的这些日子，你们过得还好吗？"皇后缓缓地开口了，平日里看

来慈眉善目的容颜此刻也被灯光映得有些晦暗不明起来。

当然过得不好,密牢里这些人虽然不是达官显贵,可平日也是在宫中有大小职务的,吃穿度用都比平民要优渥很多,什么时候受过这样的罪?但是谁都不敢搭腔,默不作声地低着头。

"你们还是不肯说实话吗?"皇后横扫了几人一圈,淡淡道,"我是不喜欢用刑的,所以落在我手里,最后的结果都是很干脆利落的。"

人群中有人小心翼翼地微抬头悄悄扫了她一眼,心里琢磨着干脆利落的意思,越想越心惊胆战。

皇后继续道:"其实,你们说不说我都已经知道真相,只不过想给你们一个机会而已。我等你们片刻工夫,如果有人说出真相,便是表明了自己的立场——与我同阵,若是无人回答——"她又扫了他们一眼,见仍无人应答,冷笑,"你们一定以为我在诈你们,放心,片刻之后,我会亲口告诉你们事情的真相,好让你们死个明白!"

"死"这个字终于从她口中吐出,已有人开始簌簌发抖。

其实没过多久,但在囚室里几人看来,却仿佛度过了漫长的年月,终于听到皇后开口:"既然你们都不愿意说,迎芳……"

迎芳应声道:"奴婢在!"

"带他们去吧。"皇后淡淡地说了一句,施施然转身离去。

"皇后娘娘饶命!皇后娘娘……"

囚室里只有迎芳的斥责声:"闭嘴!"

皇后从密室的暗道出来,身后墙壁缓缓合拢,严丝合缝看不出一点儿痕迹。但是当她一转身,却震惊地睁大双眼,向来镇定的脸色也有些挂不住了。

宇文赟正站在书房正中,一脸惊愕地看着她,也不知道在那里等了她多久,幸而他身边并没有带别的随从。

"你……赟儿……"

"娘娘,您的书房里怎么会隐藏着这么一条密道?"

"这跟你没有关系。"皇后除了担心密道的事泄露之外,还有几分愠怒,这书房平日里是她殿里的禁地，别说太子，就连宇文邕也很少来这里，不知道外面值守的宫人是怎么办事的，竟然把太子放进来，还正好撞见她出密道。

宇文赟却站在那里不让路，直视着她："阿娘，我查到一些事情，今天是特地来问您的，妩姜她……"

皇后锁起了眉头，又是为了那个丫头来的，真不懂宇文赞和宇文赟兄弟俩为什么对那出身卑贱的小宫女这么上心，难道她真有什么过人之处？

"我知道阿娘每次都对我避而不见，为的就是不想谈妩姜的事，但我今天是要跟您说一件事，您不愿见我，我还是强行闯入才能见到您的。"

"好吧，有什么事你说吧。"皇后略有些不耐烦，"要想调妩姜走，还是算了。"

"阿娘，我先问一下，您这密室，是不是关押了几个人？"

皇后脸色一变："你这是什么口气跟我说话？"想了想，又缓了口气，"这和妩姜有什么关系吗？"

"我收到消息，说阿娘近日便要处置密室里那几个人，您是不是觉得他们和妩姜一样，都是受人指使，参与了毒害小弟元儿，然后嫁祸给您？"

"你……"

宇文赟不等她说下去，急匆匆继续道："您先别打断我，我知道您不会承认此事，但是我想解释的是，不管谁指使陈兆下毒，妩姜真的和此事无关，她真的只是个小宫女而已，而且您怎么处置别人我都不管，只有这个丫头必须留着。"

皇后听了他的话，倒不急于分辩密室的事了，看着他冷冷道："哦？你都认为我要处置那些人了，凭什么我要留下妧姜？她的身份特殊吗？"

"是的，她知道一个秘密，而这个秘密，关乎大周国运，甚至关乎天下格局。"宇文赟似乎下定了决心，终于把他心里的秘密说了出来。"我本不想说出来，但现在阿娘您要是杀了妧姜，这个秘密就永远不会有人知道了。"

"关乎天下的秘密？"皇后一脸震惊，完全不明白他在说什么，什么关乎天下的秘密，这怎么可能和妧姜有关？

"阿娘您应该听说过《四夷书》吧？"

"《四夷书》？"皇后想了想，隐约有些印象，她虽然地位尊贵，但后宫不干涉政事，她对这些了解得很少，不由疑惑地问，"那不是个传说吗？难道世上还真有这么一本书？"

"是的。"宇文赟郑重地点点头，"如果您不信的话，还有一个证据，就是摩煊。"

"他不是死了吗？"

"对，就因为他死了，世上才只剩下妧姜一个人知晓这秘密。您还记得摩煊生前一直被关在诏狱吗？并且宫中禁令不许谈论和他有关的事，除了真正的宇文氏皇族，根本没有人知道他的身份。您有没有想过，为什么有关于他的一切都如此神秘？"

皇后愣了一下，不由得凝眉思虑起来。宇文邕行事固然不会和她商量，但是多少会在她面前说一些，唯有那个摩煊之事，她确实一无所知，最多只比别人多知道诏狱那个犯人的身份而已。

现在经宇文赟一提醒，确实勾起了她心中的疑问，不过一个亡国太子后人而已，如果忌惮他会造反，直接杀了便可；如果相信他会臣服，完全可以像高芷一样没入后宫为奴，可是既不杀也不放，这么多年只是神秘地拘禁着，确实是件怪事。

"那是因为他是《四夷书》的传人。这本书究竟记载着什么内容,无人知晓,据传是王禅老祖所撰,得之者可得天下。"

"这可真是胡说,得之者得天下,那摩煊为何沦为阶下囚?南梁为何灭亡?"

"昭明太子萧统少年时才名远播,相传他早逝,其实是很早就被送走,据后来查到的线索推测,有可能便是学习这《四夷书》了,然而后来萧统的堂兄萧正德篡位,南梁大乱,大将侯景与他反目,两年内换了三个皇帝,最后侯景索性篡位自己做了汉皇帝,南梁便已灭亡。此时摩煊就算再有通天彻地之能,也解救不了南梁了。

再后来萧统的弟弟萧绎夺回政权,登基称帝,虽然国号仍是梁,但其实名存实亡,梁国大部分疆土都已属于我大周和北齐。而萧绎此人气量狭窄,包藏祸心,在侯景之乱中明明有实力出手,却坐视不理,任由自己亲父被逼死,对他有威胁的兄弟子侄全被消灭才发兵勤王,他怎么可能再接纳萧统这个正牌太子?他知道萧统有《四夷书》在身,成日坐立不安,想要杀了这个兄长还来不及,哪敢引火烧身接他回南梁?后来萧统病逝,《四夷书》传给了摩煊。"

"原来如此,可⋯⋯他跟妩姜八竿子也打不着关系啊?难道妩姜也是南梁萧氏?"

"那倒不是,她只是从前在掖庭的时候被委派去诏狱送饭,寒暑不间断,日日相见,自然就熟识了。那摩煊日夜所见只有这小丫头一人,他的《四夷书》不传给她还能传给谁?"他想起了当初利用妩姜来威胁摩煊,让对方为自己在朝政事务上出谋划策,这才能令自己这么顺利便击倒竞争对手宇文赞,坐上太子之位。当然这种事可不能跟皇后明言。

皇后沉吟道:"看来,这小丫头确实不能动啊⋯⋯无怪她如此聪慧,元儿中毒一事是宇文护下手的,这事我查了很久才查到一丝线索,而她只凭推断就猜到了这个结果。而且之前我得到一张白纸,和迎芳参悟良久都想不透其中的秘密,也是她猜到纸上以明矾写字,以墨汁令字显形的。你说她这些,会不会都是从那《四夷书》中学来?"

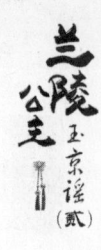

"很有可能。传闻王禅老祖有通天彻地的智慧，星象经纬，六韬三略，无不精通，妧姜从书中学到了很多也不足为奇。"宇文赟看着她，"阿娘，现在您知道我为何如此着急，想要将她调走了吧？这个秘密，我可是只告诉了您一个人，如果不是从小到大就把您当作亲娘，我哪敢说啊？"

皇后露出一丝微笑。确实，宇文赟的生母虽然是李夫人，但照皇族规矩，皇后若无所出，皇家长子是要养在皇后身边的，因此宇文赟从小被她带在身边养大，一直都称呼她为"阿娘"，对她比生母还亲。就凭这点儿情分，她也该帮助宇文赟。何况巩固大周，扩展疆土，也是整个宇文氏的大业。

"你放心好了，我根本没打算将那些人都灭口，更没打算动妧姜，因为我已经查到她与此事无关。但是——就算我查到是宇文护下毒的，还是想不通，甚至不敢相信。苏贵嫔可是他的外甥女啊，元儿也是他的甥孙啊，怎么可能下此毒手？"

宇文赟冷笑了一下："对啊，正因为所有人都想不到，都觉得不可能，所以大家才不会怀疑到他。尤其是陈兆受他指使，临死也要看您一眼，若是陈兆还能说话，必定会当庭指证阿娘是凶手！您有没有想想，指使毒害皇嗣，您会受什么样的责罚？您要是被扳倒了，那皇后之位该归谁啊？"

皇后悚然一惊，倒退了两步，喃喃道："这……这……虎毒不食子，苏贵嫔她为了争宠，怎么可能连自己的孩子也……"

"苏贵嫔有可能并不知情，宇文护不需要让她知道。再说了，下毒的人可是算准了的，在乳母魏长君饮食中下毒，那么魏长君中毒必定比元儿要深，一旦她毒发身亡，就会有人查到元儿也中毒，因此元儿的性命是无虞的。"

"这可不好说，元儿只是个幼儿，虽说他中毒较浅，但万一他抵抗力较弱，先一步毒发身亡呢？"

"阿娘，退一步说，即使元儿出事，可苏贵嫔登上后位，她还年轻，想生多少没有？到时候天下都在宇文护掌控中，苏贵嫔就算没有儿子又怎样？"

皇后脸色苍白，说不出话来。但现在即使知道了下毒的是宇文护，她也一样无可奈何。宇文护权倾朝野，甚至可以说是一手遮天，连宇文邕都要对他礼让三分，生恐激怒了他引起朝纲大乱，这时候可以说没有人能公开去招惹宇文护。

但宇文赟仿佛要给她烦乱的心里添一把麻，道："这时候，您不但不能与宇文护作对，还不能让他知道您查到了什么，否则他是否会有更过分的举动都难说。"

"啊！"皇后没想到自己追查到最后竟是惹火上身，幸而宇文赟立即道："您放心，所有知道您暗中调查的人都被人处置了。"

皇后这才松了口气，叹道："果然还是赟儿你贴心。你做这么多，我知道无非就是想跟我讨那个小丫头，但是现在可不行，因为赟儿也屡次试探过，想要将她调走，我不能明摆着倒向你啊。这样吧，她一直想回奉香殿，我就允了她，让她去奉香殿，过一阵再调她去东宫。"

宇文赟立即跪下谢恩。

"钱尚膳又来给苏贵嫔贡奉瓜果啊,这次是什么新鲜的货色?"

钱辰玉施施然穿过云阳宫的曲径回廊,微扬着脖子,多少有几分骄矜的意思,见有相熟的小宫女讨好地跟她打招呼,只是微微一笑,并不多搭理。

自打陈兆死后,御膳房的尚膳一职一直虚悬,皆因秦瑞挑剔又暴躁,想在御膳房中挑个他称心如意的人升作尚膳本就困难,他自己也尝试着想重新带几个可心的出来,结果选了两个,一个是跟他学徒不到半个月接连被骂,最后吓得连糖还是盐都分不清了;另一个是天天被他罚吃自己做的菜,吃到上吐下泻,躺在床上都爬不起来了。

眼见尚膳之位空缺,御膳房事务繁忙,连之前尚膳的事都要秦瑞亲力亲为了,他越发心急。终于有一天他瞪着面前来请示他的大小厨师,恨不得用手里的蒜蓉糊他们一脸。

正在他要火山爆发的关节,钱积纬领着钱辰玉前来毛遂自荐。秦瑞本来爱理不理,但吃了钱辰玉带来的八宝鸭后脸色和缓了很多,再看看那群耗子见猫似的厨师,叹了口气,终于点了头。钱辰玉不是尚膳的最好人选,但目前却是唯一可用的人选。

钱辰玉平步青云后并未消停,很快利用尚膳之职搭上了云阳宫的苏芫。

苏芫作为苏贵嫔的陪嫁婢女,向来很少瞧得起这些小宫女,但当初在云阳宫伺候小皇子宇文元的时候,高芷和辰玉成日里怠工躲懒,每天所有的心思都花在奉迎拍马上面,虽然没讨得苏贵嫔太多欢心,却将苏芫的马屁拍得挺溜,利用这层关系,辰玉常将各地最新鲜的贡品水果、上品膳食、夏日的窖藏冰等超额贡给苏贵嫔。

一来二去,苏贵嫔也渐渐留意到了此事,苏芫再从中进言,辰玉反倒比从前在云阳宫时更得了苏贵嫔的喜爱。

辰玉每次都是亲自送新鲜水果过来,这回带来的一大盘水果正中央有一个滚圆的球状水果,形状硕大,在盘中微微滚动,盘子端得十分吃力。

云阳宫花厅的供案上排列着新鲜果蔬，清香水嫩，苏贵嫔却并不拿来待客，常来这里串门子的嫔妃们都知道她长年以新鲜水果供香，说是比薰香更清远爽心，不沾尘俗之气。

辰玉在高举果盘叩见苏贵嫔的时候小心翼翼，有些吃力，苏贵嫔笑意吟吟，发话让人去接过果盘，搁在花厅正中的长案上，然后转脸问她："辰玉，今日贡来的这是什么，你给大家说说。"

厅内还坐着柳昭仪和另外两名妃嫔，都正用好奇的目光望着中间的球状水果，其中一名掩口笑："哟，这是什么啊，怎么比蹴鞠的鞠还大呀？"

"这难道也是水果？"

辰玉得体地微微一笑，躬身解说："回苏贵嫔的话，这是西瓜，听闻种子由西域传入我国，然而栽种不易，又挑气候，因此向来连皇室贵族也很少见它。建安七子中的刘桢曾作《瓜赋》云：'蓝皮密理，素肌丹瓤，甘逾蜜房，冷亚冰霜'，说的就是这种西瓜了。夏季吃它最是清凉去暑气。"

苏贵嫔含笑听辰玉讲解，她当然不是第一次尝西瓜，但辰玉这种献宝式的讲解，明显有恭维她的意思，好让其余做客的妃嫔对苏贵嫔艳羡不已，看着包括柳昭仪在内的三位嫔妃微微伸长了脖子带着好奇的目光，苏贵嫔的优越感油然而生，吩咐道："各位都还没见过西瓜呢，来者是客，辰玉，让大家都尝个鲜吧。"

辰玉领命拿过宫女递来的剖瓜刀，将西瓜从中剖开，切成一片片三角形，然后听从苏贵嫔指示，恭敬地依次端到三人面前贡上。

另外两个人尝了一口，都默不作声，唯有柳昭仪尝过之后，撇了撇嘴："也并没有什么稀罕，之前陛下曾赐我几串葡萄，听闻也是自西域带回的种子，看着碧透如玉，吃着酸甜可口，比这强多了。"

旁边两个人面面相觑，明显听出柳昭仪酸溜溜的口气，但她们俩都不敢得罪，只能咬着西瓜，一脸尴尬地笑。论家世背景柳昭仪远不如苏贵嫔，论美貌也不见得比得过她，但柳昭仪擅长琴棋书画，婉媚动人，又会讨周帝欢心，因此私下里得宠程度其实并不比苏贵嫔差多少，这两个人往日就明争暗斗，面和

心不和,人人都见惯了。

最后一块西瓜是呈给苏贵嫔的,看着切得也格外大些,辰玉托着玉碟刚走近,不妨苏贵嫔近身有人伸出手来接过去,她愕然抬眼,才发现居然是多日不见的高芷。

四人之中妩姜调离,辰玉调回御膳房,唯有高芷和灵枢还留在云阳宫。

辰玉知道高芷邀功,看她对自己微扬下巴冷视的神情,知道她对于自己设法升了尚膳之职满怀嫉妒,不由挑衅地回以一笑。

高芷心里暗含怒气,回转身时不知为何觉得脚下一绊,身体整个失重向前倾去。

她离苏贵嫔本来已经很近,不过三五步的距离而已,这一前倾,整个人就向苏贵嫔倒去,连另一侧的苏芫都来不及反应,只能眼睁睁看着,一时傻愣住。

幸而苏贵嫔自己反应迅捷,尽力往旁边侧了一侧,才没被高芷扑个满怀,但那西瓜碟子不偏不倚地飞了出去反扣在了她身上,不仅她胸前满是西瓜汁,连脸上都溅得汁水淋漓,最糟的是西瓜上插着的一把小银钗飞了起来,差点儿砸中了苏贵嫔的肩。

苏芫终于回过神来,扑上前拿着帕子帮苏贵嫔擦脸,一边擦一边怒斥高芷:"连端个盘子都不会,你还能干什么?瞧你干的好事!"

高芷慌乱又惊恐,却见一只手伸到她面前扶住了她的肩。

和她刚才伸手去接碟子的态度完全相反,辰玉的神情充满善意和关怀:"高芷姐姐,你没事吧?怎么这么不小心,没磕着吧?"

高芷来不及道谢,挣扎着在她的搀扶下刚起身,看清了苏贵嫔的狼狈姿态,不禁心里发寒,一哆嗦又跪下去,连声谢罪。

苏贵嫔自然更是盛怒,但她要保持仪态,并不想在三名低阶嫔妃面前失态露丑,匆匆让苏芫替自己清理了一下,便道了声抱歉,让她们回避更衣。

柳昭仪看了笑话,心中窃喜,另两人却是避之不及,生恐城门失火殃及池鱼,一听要回避赶紧告退了,只怕被苏贵嫔迁怒。

苏贵嫔压根儿不理高芷的叩头谢罪，匆匆跟着苏芫进内殿去更衣洗漱。高芷眼巴巴望着，没得到命令不敢随意起身，一张脸吓得煞白，忧心不已。

辰玉轻轻抿了一下嘴，抽了自己的绢帕递给高芷："高芷姐姐，你脸上有灰，擦一下吧。"

高芷接过去胡乱擦了几下，此刻她完全没有心情顾及自己的仪态，只想着一会儿会受到怎样的惩罚，丝毫未曾留意旁边站着的辰玉露出一丝不易察觉的笑容。

没多时，听到脚步声自门外传来，两人看过去，见是灵枢，同时一怔，才想起到了灵枢和高芷轮值换位的时刻。

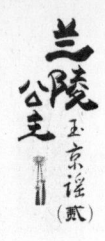

　　灵枢当然没想到自己进来竟然会看到这样的情形，苏贵嫔等人都不在也就算了，高芷还全身狼狈地跪在一地西瓜瓤之中，黑籽红瓤溅落满地，衬得十分鲜艳怵目。

　　"发生什么事了？"灵枢微微蹙眉，见两人不搭理她，满地狼藉又无人收拾，便弯腰到处擦拭起来，并捡起了砸中苏贵嫔的那把银钗。

　　高芷冷笑："你别假惺惺，看到我这样，你是不是很高兴？"

　　灵枢向来隐忍，深吸了口气，并不与她计较，只沉默地擦着她面前的地，只是擦到高芷膝边时顿住了，一摊西瓜汁延伸到她膝下，浸湿了她的裙裾。

　　"滚开，别碍着我。"见灵枢呆呆地不理她，高芷心里更怒，提高嗓子道，"你没听见吗？想看我怎么狼狈，是吗？"

　　其实灵枢只是目光微微一溜，看见了高芷裙裾边上有半个不显眼的脚印，思索着那是为什么。

　　"吵什么吵？你行事这样鲁莽，还有胆子在云阳宫喧哗？你把这里当成你们北齐宫殿了，是吧？以为自己还是公主呢？"苏芫扶着拾掇干净的苏贵嫔走出来，冷笑着训斥高芷。其实素日里高芷没少拍她马屁，向来关系还算可以，但到了这种时候，苏芫居然翻脸不认人，显然也是怕被她连累。

　　高芷暗地咬牙，连连叩头认罪，求苏贵嫔高抬贵手。

　　苏贵嫔的目光从高芷身上扫到灵枢身上，眼中厌恶之色加深。苏芫察言观色，小心翼翼地问："贵嫔想要怎样处置她？"

　　"苏贵嫔，苏贵嫔，奴婢真的不是故意的……"

　　苏贵嫔从灵枢手中拿过那把小银钗，左右看了又看。高芷心中陡生寒意，银钗虽然不是凶器，但尖锐锋利，如果刚才不慎扎到苏贵嫔，那她也不用活了。

　　"算了。"苏贵嫔终于开腔了，淡淡道，"你不用再解释了，自打你们几个调来了我这元阳宫，就接二连三地出事，你们还是回掖庭去吧。"

"可是苏贵嫔……"

苏贵嫔蓦然站起来，冷冷道："苏芫，将她们俩都遣回掖庭！"

高芷见了她的脸色，噤若寒蝉，再也不敢说话。

苏芫将高芷和灵枢都赶出元阳宫便扬长而去，连东西都没来得及让她们收拾。辰玉则一脸假笑安慰了高芷几句，也施施然离去了，只留下无故被牵连的灵枢和高芷相对。

"哼，你是不是还在气被我连累？谁让你赶在那会儿来瞧我的笑话，又正好被苏贵嫔拿来撒气？"高芷见灵枢依然是沉默地看着自己，觉得欺负她有些无趣，转身就走。

"等等。"

高芷回过身来冷笑："怎么，你还想和我理论？"

灵枢皱眉："高芷姐姐，你能告诉我你是怎么摔倒的吗？"

"我怎么会知道？要是知道还会摔倒？"高芷有些恼羞成怒，如此失仪态的事她当然想不到，闯下这样的祸能保住不被追究算是幸运了，打发回掖庭已经是轻的，她不愿再去回想当时的狼狈情形。

"可是，我看见你的裙裾下有鞋印，而且那鞋印沾着些花圃中的泥，应该是刚走过花丛间的小径。"

高芷整个人都愣在那里，低头看自己裙裾下摆，因为站立和走路，裙摆来回摩擦，脚印已淡了不少，但依然可以看出那半个脚印的污渍，看大小应当是双女子的绣鞋留下的脚印。

难道当时是因为被踩了裙裾下摆才摔倒的？那么当时站在她身后的……高芷隐约明白了，不由得咬牙切齿起来，早忘了她和辰玉本来就是貌合神离的朋友，她就曾经多次利用辰玉去对付妘姜。

妘姜此时刚调回奉香殿，踏入殿内，暌违已久，恍若隔世。她深吸了一口气，奉香殿四下里幽香盈室，一如既往。

乔尔雅早听闻她回来，很是欣慰，跟她聊了一阵天，安排了一下她日后的

任务,让她安顿下来。

奉香殿的日子十分平静,与世无争,只是很少能见到从前的朋友,连宇文赞和柳述都没来过。

况且这里不比掖庭,妘姜身为奉香活很少,日子久了,不免有些寂寞,于是习文练字打发时间。这天正在练字,突然脑门一疼,看见一颗枣核骨碌碌滚落在面前纸上,把原来的字迹都滚花了。

"摩……"妘姜脱口而出,才说了一个字,突然想起摩煊已经不在了,不禁黯然神伤。

"干什么,只有摩煊会用枣核扔你的脑袋吗?"窗外的檐下荡进来一道人影,轻巧地一个空翻落在她面前,是柳述正撇嘴看着她。

"哼。"想起摩煊,妘姜就无精打采,连训斥都变得意兴阑珊,"你就不会从正门进吗,总是这样没有礼貌,小心哪天从檐上摔下来。"

"说得我好像每次都越墙翻窗一样,如果不是你那乔教习屡次阻拦我们见你,我何至于要这样偷偷摸摸钻进来?瞧,我爬墙爬得一手灰。"说着柳述还拍了拍手,以示不满。

"为什么?"妘姜大为惊讶。

"说是宫女不能结交外臣,你忘了钱积纬就曾经利用这个罪名对付过你?二殿下为了避嫌,也不方便来了,他又不能像我一样翻墙走壁的,所以托我问候你一句。"

妘姜沉默下去。怪不得柳述不来看她,连宇文赞都要避嫌。

其实这也怪不得乔尔雅,她是为了妘姜好,免得再有人借着"结交外臣"这个罪名给妘姜找岔子。

"对了,我家里最近出了点儿事,所以我近来也很心烦,过来拜托你一件事。"

妘姜有些纳罕,他有事不去求宇文赞帮忙,她一个小宫女,有什么可以拜托她做的?

"你近来在奉香殿,只怕并不知道内宫的事,"柳述叹了口气,"我姑姑,也就是柳昭仪,前几日因故被发往掖庭,我担心她现在过得不好,你曾在掖庭长大,人面熟识,可以帮我打探一下,照应一下。"

妩姜吃了一惊,不明白柳昭仪为什么好端端被发往掖庭,通常掖庭里都是降臣、罪臣的家眷和犯了事的宫女,妃嫔被发落过去的十分罕见,那通常代表犯了重罪,柳述只是隐晦地表达了一下"因故",那这其中一定有猫腻。

"柳昭仪犯了什么事,要被戴罪发落?"

"这事说来话长,还不是因为她开罪了苏贵嫔……但是又没有证据表明是苏贵嫔嫁祸的。"柳述叹了口气。

原来沧州天灾,颗粒无收,宇文邕在宫中行祭天仪式,主要筹办为柳昭仪。谁想在仪式开始后,由柳昭仪亲自呈上的供奉木匣一打开,众人都惊呆了——里面安放的玉摆件早已碎裂,这显然预示着不祥之兆,祭天仪式无法再进行下去,宇文邕因此震怒,将柳昭仪戴罪发往掖庭。

"是什么玉摆件这么要紧?"

柳述苦笑一下:"道教祖师玉像。"

太后笃信佛教,周帝却尊儒重道,祭天供奉道教祖师玉像,没想到会出这样的事。祭天仪式的筹办都是由柳昭仪经手,这玉像雕成后一直是她亲自收存,小心摆放,怎么会出这样的差错?周帝因此认为柳昭仪故意怠慢,有误民生,只差没当场将她下了诏狱。

"一定是有人嫁祸,我姑姑行事谨慎细心,绝不可能出这样的差错。可是要办到这件事,非买通她贴身的人不可,在宫里手眼通天,除了宇文护和苏贵嫔还有谁能做到?"柳述叹了口气,"最近我在宫中悄悄查探,并无线索,所以十分烦恼。"

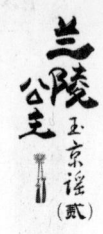

三

妩姜默然。这件事就算是有人刻意嫁祸,柳昭仪轻忽职守之罪也少不了,周帝之所以没给她治更重的罪,恐怕还是因为平日的宠爱。

她知道此时因为柳述和柳昭仪关系不同寻常,反而不方便去探视,否则可能会引起更大的牵连,于是点头应允下来。

来到掖庭,妩姜先去织染局,灵枢见了她分外惊喜。两人叙了一会儿旧,灵枢在这里过得还不错,她向来沉默寡言,做事又勤恳,没有了高芷的驱使,暗地里使绊子,她比从前的表现还要突出一些,只是说话的语气中隐隐带着失落。

妩姜知道她还是很担心自己的弟弟,安慰她说自己现在比从前自由,一有机会就会设法去看她弟弟,也会回来看她。又问了几句,却没打听到柳昭仪的下落。

按理说柳昭仪既被贬为罪妇,也应当在掖庭之中,灵枢却不知道她的下落,难道另有别情?

道别了灵枢,妩姜在离开织染局的时候遇见了管樾。

"妩姜?"管樾打量着她,眼中有几分喜悦,也有几分不敢相认的意味。没想到这短短一年,在妩姜身上发生了那么多事,再见时发现妩姜已经改变许多,除了眉眼依然灵动,双颊依然圆润,个子已长高了些许,整个人看起来已不再是当年稚拙少女的模样,显得容光璀璨,气度清华。

"管姑姑,是我。"妩姜倒是没有一丝陌生感,报以一个略带俏皮的笑容,"怎么不认识我啦?是不是我长高了很多?"

"是啊。"管樾笑着说:"回来看灵枢吗?"

"嗯。高芷她为什么没回来?"

管樾的笑容微微沉了一下,迟疑了片刻,仿佛另有隐情。

"管姑姑不方便说就算了。"妩姜察言观色,知道她有难言之隐,便不再追问,左右她对高芷也并不是十分关心,只是顺口问一句而已。

"其实也没什么。"管樾轻叹一口气，"高芷这孩子，虽然聪慧秀美，但是骨子里过于傲慢，私心也重了些，想来因为这样，得罪了不少人，她……被打发去浣衣局了。"

妧姜只知道灵枢和高芷被分配在不同之处，却没想到高芷去了浣衣局。

即使在以罪民身份没入掖庭的时候，高芷也凭着她的聪明灵巧在织染局混到一席之地，身边还有两三个昔日的北齐罪臣之女附拥着，没想到这次居然被打发到最辛苦的浣衣局去，妧姜很是意外。听管樾之意，高芷是被人故意调去浣衣局去的，是谁有这样的能力随意调遣她呢？

管樾显然看出了她的疑惑，压低了声音道："是掖庭令大人。"

"钱大人？他对高芷……"

管樾轻叹了口气："当然不是他的缘故，他对一个小宫女哪会这么留心，是他的侄女钱尚膳。"

"辰玉？"妧姜的记忆中高芷和辰玉总是沆瀣一气，明里暗里找自己的麻烦，虽然这两人暗中给她使的绊子她并不是都清楚，但还是隐约能感觉到的，没想到她俩居然也有翻脸的一天。再细想一下便释然了，高芷和辰玉都是容不得别人比自己更显摆的主儿，既然她们能为了利益结交，也总有一天能为了利益反目。

"你是打算去浣衣局看她吗？"

妧姜刚想摇头，却听管樾说了句："如果你去那里，有个人你最好不要多接近。"

浣衣局有什么不能接近的人？妧姜正疑惑间，听管樾说："柳昭仪也在那里……不对，现在不能这样称呼她了。"跟着叹了口气，小声道，"陛下不喜欢别人多接触她。"

妧姜似懂非懂地点了点头，辞别管樾往浣衣局去了。

虽然管樾提醒她不要接近柳昭仪，可那本来就是她来掖庭的目的，怎么可能避得开。好在她在浣衣局长大，在浣衣局打了一圈招呼，不动声色地就套到了关于柳昭仪的消息。

在这里柳昭仪的身份和居住地当然不是秘密，但每个人都心照不宣，对于这个曾经的贵人现在的落难罪妇，没有人想去招惹。

同时因为她曾是周帝的宠姬，谁也不知道她何时会被召回，因此没人敢分派重活给她，她每天的任务就是缝补一些很昂贵而破损不太显眼的衣物。因为她绣得一手好女红，而浣衣局偶尔会有一些衣服或织物的质地贵重而娇气，不慎被洗破之后常有人因此受惩罚，柳昭仪的到来简直成了浣衣局宫女的福音，她总能将破损处织补得天衣无缝，甚至比从前更美丽。

浣衣局西院的最北边有间小耳房，柳昭仪到来后这间小耳房就被收拾出来让她单独居住，和睡通铺的宫女们比起来已经是很好的待遇，然而对于娇生惯养的柳昭仪而言，依然是苦不堪言。没有随身伺候的人，吃的是粗粝的食物，炎夏之际也没有冰块镇暑，更糟糕的是这间小屋子之前因为长年堆放杂物，又面北阴湿，时常有蛇虫鼠蚁之类出没，她每天都过得心惊胆战。

高芷最初听到柳昭仪的消息时并没有放在心上，直至有一天她被委派去打扫柳昭仪的居处，才知道情况有多糟糕。

柳昭仪显然不是个会照顾自己的人，除了这间屋本来的一些杂物外，还有许多她吃剩的饭菜，像她这样娇养挑剔的人，除了饿极的时候才会勉强吃一些东西，其余食物大多被她浪费了。而她从来不会洗缀收拾，连自己的衣物也要浣衣局的宫女们洗，如果不是身份特殊加上还有一手超卓的女红，早就被人嫌弃得不行了。

高芷看着不时到处乱窜的臭虫、蟑螂和蜷在床角不时尖叫一声的柳昭仪，倒吸了口凉气，才明白自己轮到的是个什么样的差事。大家都不愿意接近柳昭仪，生恐和她关系太好会得罪苏贵嫔，更没有多余的精力来照顾她这个闲人，所以这份差使才会落到高芷头上。

高芷也很害怕这些虫鼠，但她看了看柳昭仪惊恐的双眸，心中渐渐产生了一个念头，咬牙开始收拾打扫起来，甚至硬着头皮拿扫帚去拍那些满地乱爬的虫蚁，但是实在太多，一时也驱之不尽，劳累了大半天，除了东西收拾干净了些之外，还是能看到乱窜的蟑螂、蜈蚣等。

事实上即使进入掖庭，她也没吃过这样的苦，就这样一边做浣衣局的活一边照顾柳昭仪，高芷感觉自己每天都累得快要虚脱了，但她都熬了下来。

　　过了两日，柳昭仪看她在自己屋子周围掘土埋着什么，便讶异地问她在做什么。原来是高芷寻到了一些雄黄，听说雄黄能驱蛇虫，埋在土里可以让蛇蚁免于靠近，同时她设法弄了一些樟树叶和碎樟木块来，把樟木块放在屋角各处，用樟树叶汁给柳昭仪涂满手脚，说这样可以驱蚊。

　　就这样柳昭仪对高芷的防备渐渐淡了，加上高芷又是被苏贵嫔驱赶的，两人颇有同仇敌忾之心。

　　妩姜过来寻柳昭仪的时候，那扇阖不拢的板门张开一道缝，偶尔被风吹得吱呀一声响，显得残败颓然。庭院里酷日炎炎，蝉鸣噪耳，然而这间屋里的昏暗中却透着丝不明的阴冷，仿佛在暗示柳昭仪如今的凄凉境遇。

屋内的人正低头绣着什么，听见脚步声，立即警惕地将手中的东西放下，迅速藏到身后。

妩姜虽然不明白柳昭仪沦落到如今的地步还有什么可藏着掖着的，但并不点破，在虚掩的板门上敲了几下，轻声唤："柳昭仪，我可以进来吗？"

过了一会儿，才听见屋内冷冷的声音："装腔作势，你是姓苏的狐狸精派来看我死没死的吧？到了今天这地步，我也不怕你们了。"原先她和苏贵嫔总还维持着表面的和平，然而矛盾激化撕破脸面，她现在满腔怨愤，索性自暴自弃，也不在乎和苏贵嫔直接对抗了。

妩姜轻轻推开门："柳昭仪，我叫妩姜，是柳述的朋友，是他让我来看望你的。"

柳昭仪斜靠床角坐着，昔日清丽的脸庞削瘦得双颊都凹了下去，整个人憔悴苍白，唯有一双明媚如点漆的双眸，正带着警惕的敌意盯着妩姜。

"柳述？"柳昭仪愣了一下，盯着她看了片刻，"我认识你，你是从前照顾宇文元的那个小宫女，后来又调到皇后宫中，据说苏宛眉和皇后都挺喜欢你啊。"

苏宛眉是苏贵嫔的名字，直呼其名，可见柳昭仪的愤恨之心。

妩姜微微一笑："我现在是奉香殿的一名奉香宫女。"

"哼。"柳昭仪侧过脸去，似乎对她并没有多少善意。过了一会儿道："别打着柳述的名义来接近我，你这小丫头能讨所有人的喜欢，这么会左右逢源，何必来巴结我这个落难之人？"

"柳昭仪，真的是柳述托我来看你的，他的身份不方便，怕引起苏贵嫔更多的猜忌，所以才托我来这里，看能不能帮你什么，你有什么需要我帮忙的吗？"

"没有。"柳昭仪冷漠地低下头，"你走吧。"

"可是……"

妩姜正想再说些什么，冷不丁背后响起个声音："请你不要在这里打扰昭仪了，她有我照顾呢。"

妩姜愕然回头，看见高芷拎了一桶水站在门口，正用敌意的目光看着她。

"怎么，听不懂我说话？还不快走？"

"你在这里照顾柳昭仪？"妩姜很是意外，不是说柳昭仪在这里无人照料吗？高芷怎么会照顾她？

高芷冷笑："这都是托钱辰玉的福，钱大人怕我闲得慌没活干，就让我顺便照顾昭仪。不过我和昭仪相处得很好，她不需要别人来关心了。"

妩姜还想说什么，柳昭仪已经发话了："高芷，赶她走。"然后一脸冷淡地别过脸去，完全不想理她的模样。

高芷有些吃力地重重放下桶，瞪着她："你再不走我拿水泼你了。"

妩姜无奈，只能慢慢退了出去。

第一次探望柳昭仪就如此不顺利，完全在妩姜预料之外。

回去之后，妩姜一直在思索如何能接近柳昭仪，获取她的信任。她忽然想起，之前在柳昭仪的屋里看到盘中有大量剩菜，饭好像也没怎么动过，乌黑清亮的眼珠骨碌碌转了两下，心中有了想法。

第二天，第三天，第四天……妩姜每天坚持送自己做的饭菜过去，都避开了高芷在的时候。

每次柳昭仪都对她不理不睬，或者冷言冷语，可是过了三五天，妩姜发现再去的时候，前一天送的食盒里有饭菜被动过了，她心中暗笑，并不点破，继续天天如此。

妩姜虽然未能进御膳房，可她的手艺是司膳秦瑞都认可的，贬居浣衣局的柳昭仪早被那里寡淡的饮食给折磨得清减了许多，哪里受得了天天被这样的美食诱惑，明知妩姜此举的目的是接近自己，还是没忍住偷偷地尝了一下。这一尝就一发不可收拾，到最后变成了每天都在暗暗期盼着妩姜的出现。

就这样，她俩虽然一个沉默一个寡言，关系却在无声无息中融洽起来。

渐渐地，妩姜也会捎带一些柳昭仪缺乏的生活用品和替换衣物过来，这其

中最能讨她喜欢的莫过于妩姜亲手做的香胰子和香荷包。

高芷给的香樟木虽然有效，但毕竟得来不易，数量很少而且都是些小碎块，但妩姜的自制衣香包添加了丁香、雀舌香、白檀香、麝香等名贵药材，祛湿辟秽，对驱虫解毒更有奇效。她制的香胰则加了白芷、杜若、藁本等，长久洗浴，令人通体透香，连床帏衣衫似乎都沾染了柳昭仪的香气。

柳昭仪虽然不说，高芷也从未遇到妩姜，但以她的敏锐细腻，很快就察觉到了这些异常。她心中暗恨，却不能点破，只是暗自思量着对策。

高芷不明白为什么到了哪里都少不了妩姜的掺和，哪怕已经不在一起了，她始终处处被妩姜压了风头，乃至到了浣衣局这种"鸟不生蛋"的地方，连一个落魄失宠的柳昭仪都能被妩姜拉拢过去。

在替柳昭仪收拾完离去之后，高芷走了很远才摊开掌心，看着柳昭仪刚换下的香料挥发告罄的香包，泄愤地撕扯着，然后恨恨地扔到地上踩了几脚，咬着下唇切齿道："妩姜你个死丫头，等我离开了掖庭，早晚跟你算账！"想到自己费尽心机，讨好柳昭仪的艰辛远甚于在苏贵嫔身边伺候，结果还是让妩姜轻而易举地占了上风，她禁不住连柳昭仪也连带怨恨起来。

不过很快她就理清了思绪，按捺了心底的怨恨，毕竟她最终的目的并不是讨好柳昭仪，而是借助这块踏板脱离掖庭，想到此处，她露出一丝不易察觉的笑容。哼，柳昭仪都落到如今这般境地了，难道巴结上她还真有多少好处？这上风就让妩姜去占吧。一个计划迅速地在高芷心底酝酿成形。

柳昭仪丝毫不知自己落到如今的境遇居然还在被人盘算利用着，她在灯下一针一线地绣着自己精心描绘的图样，看着细密精致的针脚一点点组合成形，一股淡淡的喜悦油然而生。

她是个生性单纯的人，在娘家固然因为娇纵而有些任性，入宫后又因容貌出众、才艺卓绝受到宠爱，因此恃宠生骄，性情并不太讨人喜欢，但骨子里并没有什么坏心眼，对于这些算计的伎俩甚至不如高芷这样历经波折的少女。

这套衣服的衣料和金线是柳昭仪用自己身上仅存的首饰向浣衣局掌司女官换的，绣成后将是一套"九龙飞天"的吉服，构思奇巧，图样精妙，她相信加上自己巧夺天工的手艺，一定能做成一件独一无二的飞龙服。

这个提议还是高芷给的。

周帝圣寿在即，各种层出不穷的贵重礼品想来会争个高下，但柳昭仪困顿于掖庭，是绝不可能拿出什么贵重礼物的，因此只能出奇制胜。高芷希望她利用自己超卓的女红引起周帝的注意，勾起他的旧情，这样柳昭仪便有希望重回后宫了。

柳昭仪也觉得此计可行，于是她耗尽心血设计了这件吉服，而之前躲避着妩姜，不想被发现的绣品也就是这件吉服。

"柳昭仪。"轻柔而有规律的敲门声响起。

不用抬头，柳昭仪就知道那是妩姜，哪怕门虚掩着一半，这丫头也总会很有礼节地先敲门才进来。

和往常一样，柳昭仪照例不和她说话，但脸色总算是好了许多，看她的眼神里多了一丝询问之意。

不用开口，妩姜就知道她想问自己，今天为什么会在夜深人静的时候过来，便主动答道："今天奉香殿有一些事，我要配制香料，所以来迟了。"

柳昭仪看着她一样样往食盒外拿东西，突然问："你要配制很多香料吗？"

"是啊！"妩姜随口答，令她诧异的是，柳昭仪居然主动跟她说话了。

"宫里要办什么喜事了吗？"

妩姜一怔，不知该如何回答，但想了想，柳昭仪必定是知道才故意这么问的，便叹了口气："是啊，陛下圣寿，您有什么祝福需要我带给他吗？"

"没有。"柳昭仪果断而干脆地回答，但随即便低下头去，匆匆将手里的刺绣收起来。

妩姜沉默地看着她欲盖弥彰的神情，感觉自己好像窥破了她的什么秘密。

第三章 真假龙袍

  从那以后，柳昭仪似乎并不怎么避讳妩姜了，有时候也会在她面前继续着自己的刺绣。

  "需要我帮忙吗？"妩姜有一次问她。

  柳昭仪看着她："你会刺绣？"

  妩姜摇摇头，绣一些简单的花样还是可以的，可在柳昭仪面前说会刺绣，真是班门弄斧。

  "那你能帮我什么？"柳昭仪讽刺地笑，"或者你会绘图样？"

  妩姜又摇摇头，然后道："我可以让这件吉服变得更特别些。"她早看出柳昭仪绣的是什么了。

  柳昭仪疑惑地看着她。

  妩姜走近，指着衣服的滚边夹层："也许这里可以缝入一些特别的东西，让这件衣服更与众不同些。"

  "你知道这件衣服是做给谁的吗？"

  妩姜微笑道："也许昭仪需要我帮你在夜宴上送呈给陛下。"

  "不。"柳昭仪断然拒绝了她，"我并没有打算送出去，只是自己随便做做，打发时间而已。"

  妩姜心里暗叹，柳昭仪终究还是没有完全信任自己，但是她要将这件吉服送到宇文邕面前，是必须要自己帮忙的。

  圣寿那天很快来临，柳昭仪最终绣好那件吉服，展平了叠得整整齐齐，满意地放进托盘中，等着高芷过来取。

  高芷这天跟掌司求了很久，才得到一个离开浣衣局的机会，跟着便急匆匆到柳昭仪这里来取绣好的吉服。

  柳昭仪很郑重地将衣服交到她手中："高芷，我就指望你了，你可千万要将吉服交到圣寿宴上。"

  高芷点了点头："我今天好不容易才向掌司姑姑讨到了去太极殿送净衣的

活儿，到时候只要我混在圣寿宴的宫女中，就能将'九龙飞天'吉服送到陛下手中。昭仪的女红如此超卓，一定能令陛下回心转意，重新接您回后宫。"

柳昭仪充满希冀地看着高芷离去，一颗心都悬在她手里的红木托盘上，那上头承载的是柳昭仪的命运和寄托。

高芷端着盘子步履迅捷地出了掖庭，沿着弯弯曲曲的宫廷小径走着，不时左顾右盼，看起来生怕有人尾随着她似的。

圣寿筵上，各色各样的古董文玩、稀世珍品从宇文邕眼底流水一样呈过去，他除了微微颔首外，毫不动容。毕竟这天下都是他的，这些寿礼就算再名贵珍稀也不在话下。偶尔能有从未见过的珍玩能博他一笑，让他多看几眼，已经很不容易。

"陛下，那件是宛眉亲手绣的'九龙飞天'吉服，您好歹也看一眼。"坐在宇文邕身边的苏贵嫔压低声音对他俯耳说着，语声细微而轻柔，带着些微祈求之意。

宇文邕听说是苏贵嫔亲手绣的，有些意外，抬眼和她对视。苏贵嫔眼波柔软，浅笑盈然，令他无法拒绝，于是点头令人呈上。

四名太监分别托住双肩和衣袍下摆，将那件苏贵嫔献上的寿礼完全展开在宇文邕面前。

那是一件玄青底子绣着九龙飞天的吉服，每一条龙都以昂贵的金线绣成，金光璨然，昂首腾云，磅礴盘曲，神态逼真。非但如此，吉服一展开，登时满殿盈香，令人心旷神怡，清雅舒泰。

"看起来确实不错，没想到你的技艺如此精湛传神。"宇文邕忍不住赞了一句。这件吉服固然珍奇，难得的是苏贵嫔一针一线的心意。

皇后扫了吉服一眼，心里多少有几分不悦，但为了不扫宇文邕的兴，还是顺着他的心意提议："陛下，不如您试试合不合身？"

宇文邕笑着点一下头，由着太监伺候他宽了外袍，当众穿上那件九龙吉服，果然贴身合体。尤其当金龙在他身上沿着肩腰的弧度轻摆，如同活过来

一般，夭矫欲飞。

"哎呀，这竟然是苏贵嫔的手艺，真的是巧夺天工啊……"称赞之声此起彼伏。

"九龙飞天，真乃吉兆，象征陛下江山永固，代代相传。"

"你们看，龙身上的鳞片是由无数个小'寿'字组成的……这份奇巧的心思，就足以令人叹服了。"有细心的人发现了龙身的小机巧，惊叹起来。

宇文邕圣心大悦，赞赏地看着苏贵嫔。

就在此时，妩姜随着乔尔雅刚从大殿偏门进入，震惊地看到了这一切。她是奉命来为周帝寿辰点燃那道翠云龙翔的薰香，没想到会意外看到这一幕。

来之前妩姜曾去过浣衣局问柳昭仪有没有什么需要帮忙的，却又一次被拒绝，她知道柳昭仪并未完全信任自己，只能叹一口气作罢。她以为这件"九龙飞天"吉服一定能送呈周帝的寿宴，却没想到是以这种方式——物易其主。

妩姜盯着宇文邕身上那件吉服看，虽然她没有亲眼看到柳昭仪将这件龙袍展开，但是她确信那细密精巧的针脚一定是柳昭仪的手笔，至于为何会落到苏贵嫔手中，又变成苏贵嫔呈献的圣寿礼，就不得而知了。

偏偏在一片赞赏声中，太监报寿礼的时候也报到了柳昭仪的寿礼，同样是一件龙袍。

本来柳昭仪这样一个弃妃的寿礼谁也不会去留心，但因为宇文邕身上正有一件绣龙吉服，一听居然还有名目相同的寿礼，有些人的目光不由得被吸引过去，都想看看向来和苏贵嫔明争暗斗的柳昭仪送了一件什么样的龙袍。

在群臣心目中，柳昭仪都已经落魄至此，还想在寿礼上和苏贵嫔一争高下，简直是痴人说梦。

宇文邕显然也听到了太监的报礼，不由自主就将目光移过去，然后看着那只边角都掉了漆的红木托盘，微皱了一下眉，但并没有发话。

司礼太监们都是灵巧乖觉的人物，立即有人察言观色将龙袍展开给宇文邕观看。

绣的是五龙探海，如果没有那件"九龙飞天"吉服的对比，其实寓意也算不错，绣工也算端正，可是这样的龙袍宇文邕已经有太多，无论创意、图样和绣工，都不能与他身上这件相比。

宇文邕只扫了一眼，就淡淡地转回身坐到龙椅中，再也没有看那件龙袍一眼。司礼太监们迅速地将那件平平无奇的龙袍收起来，放到堆积如山的寿礼角落去了。

妩姜心中急速转念，她敢肯定那件寻常的龙袍是苏贵嫔不知从哪弄来替代的，可是如何让宇文邕相信"九龙飞天"吉服才是柳昭仪真心想献上的寿礼呢？她求助的目光扫过乔尔雅，但是乔尔雅并不知道她在想什么，只顾着照顾寿宴上的各炉薰香，不让它们熄灭。

不行，乔尔雅接近不了宇文邕，妩姜心中否定了这个念头。必须另外寻求帮助，也许宇文赞可以帮她。但是当她的目光投向宇文赞的时候，他似乎明白她想和自己接近，只是微笑着不易察觉地摇了摇头。

妩姜心中暗叹了口气，想起了柳述说的要避嫌的话。

寿筵在乐舞丝竹声中渐渐散去，群臣离去后，皇族宗亲也陆续离开。

妩姜跟乔尔雅说了一声便先行离去。但是她并没有回奉香殿，而是跟上了皇后一行。

没过多久，行在最后的安陌发现了妩姜，她纳闷地回头看一眼，然后放缓脚步落到最后，对妩姜轻声道："你跟着我们做什么？难道不怕被发现？"

妩姜并没有隐瞒皇后的打算，她直接对安陌说："我有事想求皇后帮忙。"

安陌惊讶地看着她。

皇后听完了妧姜的倾诉，沉默着不置可否。

妧姜悄悄抬眼看她，然后道："现在只有皇后您能帮她了。"

"可是我为什么要帮她呢？"皇后终于开口了，"她不识好歹，得罪了苏贵嫔，已经被发落到掖庭了，还能指望什么？"

"可是皇后，您难道忘了宇文护怎么对待他的亲甥孙了吗？他不惜连自己的亲人都伤害，就是为了嫁祸给您，难道柳昭仪落难后，最危险的不是您吗？"

皇后再次沉默。她很清楚，苏贵嫔不过是想争宠，可是手段远没有宇文护狠毒，如果柳昭仪这次被完全打压到底，剩下的目标就只有自己了。谁知道宇文护下次还会用什么手段来夺取这个皇后之位？

"你确定那件'九龙飞天'吉服真的是柳昭仪绣的？"

"奴婢很确定，而且奴婢有办法证明。"

皇后点了点头："可是你帮柳昭仪有什么目的吗？你不过是个小宫女，而她是个弃妃，你们之间本来毫无联系。"

妧姜想了想，不能直接说出柳述的事，她镇定地答："奴婢都是为了皇后，单凭柳昭仪或皇后，都很难和苏贵嫔相抗，之前奴婢伺候皇后的时候，铭记着皇后的恩情，只想着有朝一日回报。"

皇后轻哼了一声："你也伺候过苏贵嫔，听说她对你不错，很赏识你。"

"如果只是苏贵嫔，奴婢也许不会觉得她有什么。但是小皇子稚子无辜，宇文护竟然连孩子都能伤害，就凭这一点奴婢就不愿意相助他那一方。"

皇后盯着妧姜清亮的水眸，少女的澄澈明净令皇后的心渐渐软下来，她决定相信妧姜一次。

柳昭仪对于妧姜的努力一无所知，她充满喜悦地等候宇文邕回心转意。

当她难得地走出自己的屋子，抬臂遮了遮久违的阳光时，看见浣衣局的宫女们各自忙碌着，浣衣、晾晒、收衣，没人留意到她。

唯有刘掌司巡察宫女干活时发现柳昭仪在四下张望，似乎在寻找什么。

"柳昭仪。"刘掌司走近，"你在找谁？"

柳昭仪看她一眼，并没有直言自己在寻找高芷，只是继续张望着。

"你在找高芷吧？她去了溪边浣衣。"

"哦。"柳昭仪略有些失望，但忽然想起以刘掌司的身份应当能进入圣寿筵当日的夜宴，不由问道："陛下寿筵当晚，你也在场吗？"

"是的。"刘掌司当时去分派一些掖庭洒扫的宫女干活，确实在大殿边角里候着，能远远看见当时的一切。

"陛下他……是否收到了一件寿袍贺礼？"

"是啊！不过不止一件，是两件。"

柳昭仪意外地睁大眼。

"苏贵嫔那件'九龙飞天'吉服，大获陛下赞赏，他甚至当场就穿在了身上，在群臣面前显得威仪慑人，可见他有多么喜欢这件寿礼。"

"等等，苏贵嫔献的……是'九龙飞天'吉服？"

刘掌司听柳昭仪语气不对，不由多看了一眼。其实她很清楚柳昭仪想打听些什么，可是连她也认为那件"五龙探海"的吉服无论如何也比不上苏贵嫔的寿礼，所以委婉地说宇文邕多么欣赏苏贵嫔的寿礼，就是想让柳昭仪明白宇文邕并没有看上她的寿礼。

"那……那我的……"

"昭仪的'五龙探海'吉服也很精美，但是陛下可能先看到苏贵嫔的寿礼吧，所以……"

"什么'五龙探海'？"柳昭仪震惊地睁大眼。

"那不是昭仪送的寿礼吗？虽然我不知道昭仪是用什么方法送到寿筵上去的，但是……"刘掌司轻轻叹了口气，有几分同情地扫了她一眼。

"你确信礼单上……我送的那件是'五龙探海'？"

"这个嘛，我也没有见到礼单，可司礼太监确实是这样报的。"

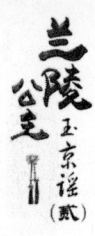

柳昭仪失魂落魄地往自己的屋子走去。刘掌司奇怪地盯着她的背影，觉得有些什么不对劲。柳昭仪更在意的似乎不是宇文邕有没有看中她的寿礼，而是她的寿礼为什么会是五龙探海吉服，这其中难道有什么曲折？还有，她找高芷……

"柳昭仪，那件龙袍你是托高芷帮你转呈到寿筵上的吧？"

柳昭仪回过身，失神地点点头。

刘掌司迟疑着道："难道你觉得这中间有什么问题？"她不愧是个八面玲珑的人，升到掌司之位果然也不是好相与的，很快就猜测出了这两件龙袍有疑问之处。

"对，高芷……高芷……"柳昭仪喃喃说着，然后迅速往溪边奔去。"我要找高芷，怎么会这样……"

"柳昭仪！"刘掌司在背后唤了一声，柳昭仪却没理她，继续发足奔走。她微微摇头，心中暗叹柳昭仪真是养尊处优惯了，完全不懂这深宫中尔虞我诈的艰险之处。这时候就算去问高芷，又能有什么用呢，不管是高芷身上出了问题，还是别人身上出了问题，宇文邕都无法得知事实的真相，也没有人会帮柳昭仪出头的。

高芷这丫头……想到她从前在掖庭的表现，和这次对柳昭仪出乎寻常的积极态度，刘掌司默然明白了些什么。果然虎落平阳被犬欺，柳昭仪落到如今的地步，竟然还有人想要利用她。

浣衣溪边，高芷和一群宫女正拿浣衣锤使劲锤打着衣服，脸上有着明显的不耐和疲惫之色。看见柳昭仪，她愣了一下，放下手中的活起身过去。

"你能告诉我出了什么事吗？高芷，你是我进了掖庭以来唯一信任的人，我希望听到真话。"

"我……我也不明白发生了什么事，我托从前在云阳宫时最好的姐妹帮我呈交那件龙袍的，她答应我在送云阳宫的寿礼时偷偷将吉服混在一起送过去。我想也许是她放礼单的时候弄反了……"高芷有些结巴，眼神微带闪烁，"我看看，能不能再找她商量一下，或许还能弥补……"

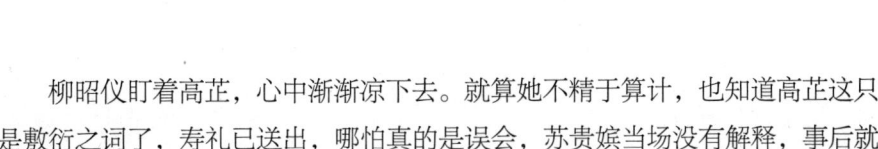

柳昭仪盯着高芷，心中渐渐凉下去。就算她不精于算计，也知道高芷这只是敷衍之词了，寿礼已送出，哪怕真的是误会，苏贵嫔当场没有解释，事后就更不会承认了。

"这种事，怎么可能弄错？"

高芷抬眼又偷瞧一下柳昭仪闪烁着愤怒、伤心的眼神，喃喃道："寿礼众多，忙中出错也是有可能的……"

"被人故意调换的可能性更大些。"柳昭仪盯着她，轻咬下唇，判断着她的神情。

"不是我！我要是想做这种事，干脆不建议昭仪绣九龙袍便行了，难道你目前的境遇还能更差？"高芷这会儿已调整好了心绪，神态急切地向她解释，仿佛真的充满委屈。

不是高芷，难道还能是别人？柳昭仪刚冷笑一声，忽然想起了另一个人——妩姜也是见过她绣龙袍的。她忽然泄了气，茫然地想，难道真是妩姜出卖了她？

高芷辨别着她细微的神态变化，隐约猜到了她的疑惑，打蛇随棍地添了一句："昭仪，你在绣龙袍的时候有没有让别人见到过？这宫中人心鬼蜮呀，你可得小心提防。"

一言刺中柳昭仪的疑心之处，她顿时缄口不言。

看着柳昭仪离去的背影，高芷长吁了口气，如释重负。欺负同样身份的宫女她是做惯了，但陷害一个像柳昭仪这样曾经身份高贵的妃嫔她还未未试过。假若柳昭仪此时将事情闹大传开去，她相信传到钱辰玉那里，一定会利用掖庭令的身份对自己加以报复。

柳昭仪步履蹒跚地踽踽独行，心中一阵阵地寒冷。她没想到沦落到掖庭这种地方来还会被人欺骗利用，失望之余她再也不想相信任何人。

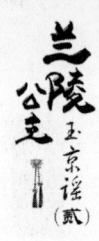

当晚夜深人静的时候,柳昭仪听到有节奏的敲门声,索性将头蒙在被子里不去理会。她想会到她这里来的,不是妩姜就是高芷,这种时候她不想见任何一个人。

敲门声依然有条不紊地响着,掩盖了窗格吱呀打开的声音,屋内悄无声息地多了一个人,跟着打火石一响,烛火幽幽地摇曳起来。

柳昭仪大惊之下从床上跳起来,发现站在屋中央的是个周身黑衣的少年,一张略带稚气的脸散发着几分寒意,却在见到她的瞬间缓和下来,眼角渐渐泛出笑来。

柳昭仪怔愣了片刻,才认出这个少年是她的亲侄儿柳述。虽说他是在御前当值,但是她能见到柳述的机会并不多。她六年前入宫时,他还是个垂髫少年,转眼束发而冠,佩刀披甲,却难得有机会进出后宫;即便偶尔相见也只能远远颔首,并没有什么机会叙旧,因此恍了一下神才辨认出来。

"姑姑别怕,是我,述儿。"柳述边说边打开了门让妩姜进来。

妩姜反手拴上了门,柔润的目光中隐含担忧之色:"柳昭仪,我和柳述都很担心你,你还好吧?"

"哼!"柳昭仪愤而又卧倒,重将被衾捂住头脸。

"姑姑,你这么容易就生气了?"柳述可不客气,丝毫不改尖酸本色,刷地拉下她罩脸的被衾。

柳昭仪恼火地坐起身瞪着他:"你们还让不让人安生?我被人出卖,你居然还敢带着出卖我的人一块儿过来!"

"她出卖你?我可是你的亲侄子,姑姑,你到底是相信我还是相信别人?"

柳昭仪一愣。

"我不知道有人在你面前说了什么,还是你自己胡乱揣测出来的,总之我托付来照料你的人绝对可信,你若不信妩姜,就等同于怀疑我。难道你失势被逐，我们柳氏家族还能有什么好处？"

柳昭仪一时无言反驳，又看了看妩姜，哼了一声："你不过是个乳臭未干的少年，谁知道你会不会看走眼？"

柳述嗤笑一声："姑姑你倒是'乳臭已干'了，怎么还会看走眼被人出卖？"

"你……"

"不管谁出卖了你，你必须承认你送寿礼这件事，泄密的源头在你自己身上。现在让我们来分析谁出卖你的可能性更大些，你究竟让几个人知道了你打算送寿礼的事？"

"这……只有高芷和妩姜吧？"柳昭仪迟疑着思索。

"瞧，你自己都不敢肯定，在我看来至少还有一个人可能知道，就是给你金线和布料的人。"

"啊，刘掌司！"

"好了，现在来说说这三个人的立场，刘掌司的为人我们并不清楚，但是她能升到掌司之位，是个非常明理圆融之人，不会随意选择立场；你在掖庭这么久，她要帮助苏贵嫔对付你，有更多的方法，甚至可以让你无声无息地死去。"

柳昭仪打了个寒战，有些惊恐地看着侄儿。

柳述笑了笑："不用怕，目前看来她应该不是那样的人。好了，现在说妩姜。她是我的朋友，如果她真心要出卖你，今晚我们就不会前来设法帮助你了。"

"帮助我？到了这般地步她还能帮助我？"柳昭仪显然不相信事情还能有什么逆转的机会。

柳述摆摆手："这件事稍后再说。最后一个嫌疑人是高芷，她是被苏贵嫔赶出元阳宫再发配到掖庭来的，表面上看她应该和你一样恨苏贵嫔，但是还有两种可能：第一是她本来就是苏贵嫔派来的，为了去除你的疑心接近你，才和苏贵嫔演了那么一出戏；第二种可能是她审时度势，觉得苏贵嫔比你更有攀附

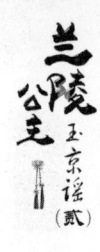

的价值，于是处心积虑接近你并出卖了你。"

"怎……怎么可能？"柳昭仪一脸震惊，频频摇头。

柳述淡淡一笑："利益驱使下没什么是不可能的，姑姑你太不了解人性了。"

说实话，高芷是柳昭仪在掖庭信任的第一个人，相比妩姜，高芷为她做的更多，因此当高芷暗示她之后，她更是私下里会疑心妩姜更多一些。

"而且，你是托高芷转呈寿礼的，对吗？"

这句话戳中了柳昭仪心底不敢直面的隐忧，只有高芷才最有机会调换寿礼。她泄了气似的蜷起双腿，愣神地看着窗外的夜色。月光如此静谧美好，可人心却如同月光照不到的地方，隐藏着多少魑魅魍魉，谁也不知道。

"好了，姑姑，我们此次来是告诉你，我们一定会尽力帮助你。妩姜求了皇后，说服了皇后站在你这边，会设法见到陛下告诉他真相。"

"他会相信吗？"柳昭仪心中的期盼已经因这次的遭遇渐渐熄灭，甚至对宇文邕是否对自己还有情意都不敢再奢望了。

"我会设法让他相信，但是即使他相信了，能否改变昭仪的命运，还得看昭仪自己。"妩姜诚恳地说。

柳昭仪看着他们，不由得有些动摇，到底是否该相信这两个孩子呢？可是她已经孤立无援了，除了他们还能指望谁？

泽福殿皇后的寝殿之中，紫铜瑞兽炉中香烟袅袅，青雾缭绕，闻之令人心绪安宁，澹然闲静。宇文邕斜倚在胡床之上，本来有几分昏然欲睡，却陡然睁开眼来，寻找香气的来源。

"旋嫒，你燃的这是什么香？"

旋嫒是皇后的闺名，她闻言抬眼笑道："陛下倒是猜猜。"

宇文邕淡淡一笑："我对香料又不甚精通，如何猜得出？"

"这是一味衣香方子，制来薰衣的，内有沉香、栈香、白檀、丁香、甲香、麝香。这味香方是奉香殿的小宫女妩姜新研制出来的，独一无二。"

"独一无二？"

"当然。不过香方是独一无二，使用的人可不是，听她说，这方子是先给了另一人，然后给了我。"

"她研制了新的香方居然是先给别人再献给你？"

"研制香方也得先试香，需得找个会品香的人先试上一试才能大量调制。"

皇后说的似乎有那么点儿道理，但宇文邕觉得她应当不是在解说香方，而是在暗示什么。尤其是这香气如此熟悉，他本来就是因此而生疑惑才会发问。

"你的意思是……"

"在我之前，妩姜研制的这味香料只给了一人使用，那人在掖庭里至今还未出来。"

宇文邕何等洞明之人，闻弦歌而知雅意，他明白皇后这是在意喻何人，于是沉默不语。如果这香料之前只有一个人用过，那么他穿的九龙飞天吉服上那经久不绝的香气又是从哪里来的？

"这个小宫女和柳清懿应当没什么关系吧？试香居然试到浣衣局去，也是奇了。"

皇后微笑了一下："宫中擅长品香的并不多，妩姜出身掖庭，以她低微的身份，从前结识的也都是掖庭中人，她去那里本来是想找掖庭掌司帮忙品香，但刘掌司向她推荐了一人，说是那人品位更高于自己，所以她就去了。"

"然后呢？"

"不巧的是，陛下寿诞她也在殿内伺候燃香，她闻到了自己熟悉而又不该出现在九龙服上的香气，自然觉得奇怪……"

"你怎么就这么相信一个小宫女？"宇文邕隐约记得那个曾抱着小皇子刺杀了摩煊的小宫女。

"她曾经伺候过我，这孩子心地单纯，我觉得她不会撒谎。何况为了一个贬去掖庭的弃妃撒谎，她能有什么好处？"

宇文邕哼了一声："就算是真的，衣袍上的香料无意中在什么地方薰染了

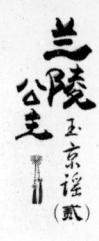

也是有可能的，谁能证明那件'九龙飞天'吉服经了掖庭中那人的手？"

皇后轻轻摇头："妩姜跟我说的可不是薰染的香气，那件'九龙飞天'吉服的香气能经久不衰，是有它的奥妙在内。当时柳昭仪在缝制一件衣袍，问她如何能让衣衫的香气始终如故，她提议将香料缝入衣料夹层，可保香气长驻。当香料挥发殆尽后，只要巧妙地拆开夹层缝线，便可再填充新的香料。"

皇后见宇文邕沉默不语，又添了一句："其实只要拆开夹层，拿出香料，证明是妩姜这张香方的香料，就可以证实这件龙袍究竟是谁做的。"她缓缓递给宇文邕一张香方。

但宇文邕只是一动不动坐在那里，长久地盯着香方，没有言语。

妩姜听闻了宇文邕的反应后,略感失望。

但是皇后安慰她:"不用担心,我很了解陛下,相信他已经知道了事情的真相。"

妩姜静了片刻,弯起月牙似的笑眼向皇后谢恩:"已经很好了,如果不是皇后您帮忙,陛下不可能会相信奴婢这样的小人物。柳昭仪她……但尽人事,各凭天命吧。"

皇后看着她离去的背影,摇了摇头:"这孩子想让我和柳昭仪合纵连横,看来是要失望了。瞧,陛下就算知道了柳昭仪是委屈的,也没有什么办法——这跟我一样,明知道宇文护做了些什么,也只能苦忍。总有机会扳倒他们,可不是现在。"

迎芳同意地点点头,可她总觉得那小姑娘单纯干净的笑容下有一颗不屈的心,她隐隐觉得妩姜并不会那么容易放弃。

妩姜离开皇后那里,直接去了浣衣局找柳昭仪拿了些东西,然后回了奉香殿。

柳昭仪不明白她想要做什么,从她口中也问不出什么来,不由得满腹疑惑。

宇文邕遣尽了身边的太监,坐在自己寝殿里支颐出神,突然听到细微的窸窣声,他一抬头,发现门缝中有一点儿白色的东西慢慢被塞了进来,看起来像是纸张。

他迅速起身上前打开门,一张纸片飘飘地掉落,廊下却寂静无声,看不见半道人影。

他冷笑一声:"好大的胆子。"却并没有疾呼侍卫,而是冷静镇定地捡起那张纸片,才发现那并不是一张独立完整的纸张,而是有人从很大很完整的一整幅画样上裁下来的一小片,裁边整齐,这片纸上绘有一截龙尾——如果不是龙尾上少许的鳞片看来是细小的"寿"字,他根本无法在片刻间从这么丁点儿

图片上分辨出是一截龙尾来。

但是既然辨认出来了，宇文邕就能琢磨出这应该是他那件九龙服的绣样稿。

他稍一犹豫，便看见廊下被月光照得银白的白玉阶上，被微风吹起一物，似乎也是一片纸。

他慢慢走过去捡起，两张纸拼在一块，龙尾越发清晰起来。

既然有了第一张和第二张，就一定还会有第三张、更多张。

宇文邕此刻倒毫无惧意，淡定地四下搜寻，很快就找到了第三、四张，然后跟随着小纸片一步步往前走。

这是他的皇宫，他并不担心谁有能力公然在宫中设下陷阱让他去钻。

宇文邕跟随着细碎的小纸片行走，一路上遇到的所有太监侍卫都被他阻止了跟从自己。

他已经不再拼凑这些纸片，而只是捡起来放入袖中。

不用看也知道，这些纸片裁得如此整齐，拼起来应该是张完整的九龙服图样。

路越走越远，即使宇文邕高贵的双足从来不曾踏上过这片土地，他也清楚地知道，前面那片散发着几分陈旧气息、森森的青瓦灰墙内，是宫里最低等人才会待的地方——掖庭。

宇文邕驻足片刻，却再也没有找到裁碎的纸片，引路人似乎只打算将他引到这里，剩余的路需要他自己摸索着去走。

其实，是想让他自己选择进，还是不进吧。

他深深吸了口气，还是往前走去。

他当然不会知道柳昭仪在浣衣局的哪里，但是为了节约用度，掖庭比宫里别处熄灯要早，如今早已夜色苍茫，能亮着灯的屋子一定不是寻常人住的，应该就是他要去的地方。

于是堂堂大周帝王在浣衣局的夜里，凭借昏暗的星光摸索着前行，终于在一间简陋得近乎破败的小耳房前停下脚步。

板门从内关闭着，但是长条木板拼接的缝中透出微光来，能看见细小的蚊虫从缝隙间穿梭自如。

想来冬季的时候从这缝中穿梭的便是寒冷的北风了。

宇文邕长久地站立在门前，丝毫未曾注意到不远处小花圃里繁茂的灌木丛中窸窣轻响，夜丁香的花枝轻轻摇曳了几下。

"往那边去点儿，我看不到啦。"灌木丛中，柳述用手肘碰了碰身边蹲着的妩姜。

"你可不要后悔哦。"妩姜挪了挪，小心翼翼地拨开另两丛并拢的灌木枝。

夜丁香的花朵被她拨弄得洒落了一片，雪白细小的花朵落了她一肩，香气极盛。

柳述只顾着朝外张望，根本没留心妩姜说了什么。他心情多少有几分紧张，判断着宇文邕到底会不会推门而入。

他冒险用"九龙飞天"吉服图样的原稿引宇文邕过来，当然是希望这最后一招能给他的姑姑带来转机。

终于，宇文邕抬手轻叩板门，缓慢而有节奏的叩门声引来了柳昭仪低弱的回应："妩姜吗？陛下相信你的解释了吗？"

听不到应答，她的声音里带着些苦涩道："我就知道不会有用，我都沦落到如今这般地步了，他当然不会再想起我。他只会相信苏宛眉的谎言，否则怎么会把我发落到这种地方来。"

屋内响起柳昭仪低低的哭泣声，夹杂着断续的声音："你……走吧……不要再为我费心……"

"懿儿。"宇文邕低低地唤了一声，屋内的哭泣声顿止。

过了片刻，门"吱呀"一声打开，发出沉重的响声，仿佛疲惫而无力的叹息。

柳昭仪不敢置信的面容出现在门内，她睁大的秀眸婉转流盼，即使憔悴如斯，依然明媚动人。

"陛下!您真的来了!"柳昭仪本能地扑进他怀里呜咽,像个委屈的孩子。

"嗯。"宇文邕只是应了一声,然后轻轻拍着她的背,并没有说什么。

他们的声音都很低微,柳述几乎听不见,忍不住问妘姜:"他们在说什么?"

"我不知道,我也听不见,不过我猜测你姑姑应该在对他解释。"

"嗯,可是不知道陛下肯不肯相信。"柳述没听到她的应答,突然觉得身上痒,忍不住挠了几下,没想到越挠越痒,低头仔细看,发现皮肤裸露部位全是蚊虫,他忍不住伸手去拍。

"不能拍,会让他们听见声音。"

柳述的手一慢,蚊虫感应到危险,迅速飞开。

结果他驱到东,蚊子飞到西,驱到西,蚊子飞到东,急得他抓头挠耳不知该如何是好,又不敢伸手拍打。

他蓦然一转脸,看见妘姜很努力地捂住嘴朝他笑,虽然听不到笑声,纤秀肩头却一颤一颤的,两眼弯弯似月牙,双瞳璀璨如星光,笑意浅浅如游鱼,又俏皮又促狭。

"为什么没有蚊子咬你?"柳述压低了声音。

妘姜眨眼,双眼笑得更弯,一脸就不告诉你的神情。

"快说。"柳述往她身边凑了凑,一边用力挠被蚊子咬到的地方。

"你没发觉靠近我蚊子会变少吗?"

柳述瞅着她,发觉似乎真是这样。

"为什么?"

"是你刚才要我让开,往那边去的,这里有夜丁香,可以驱虫,可是你那边没有。"妘姜指了指肩上散发着香气的白色小花。

柳述这才想起她之前说过的那句"你可别后悔",原来是这样。

看着妘姜笑眼弯弯的模样,却腾不出手来去揪她,柳述只能恨恨地瞪着,无计可施。

"好了,别瞪我了,你看看那边,他们似乎说完了,陛下要走了呢。"

柳述经她一提醒,才想起来原本要关注的事,都是让这死蚊子给闹的,竟然没有留心去看。

抬眼看过去,发现宇文邕平稳而沉缓地往掖庭外的道路走去。

不知为何,柳述觉得他的背影有几分孤子落寞之意。

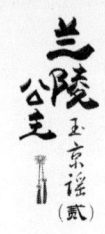

宇文邕边走边回想着柳昭仪含泪向他解释的神情,想起她对被发落在浣衣局落魄境遇的哭诉,隐隐有些心痛。

柳昭仪对他解释九龙袍的构思:"《易·乾》云:'飞龙在天,利见大人。'九龙是谓天子,帝王象征。因此我绣了这件吉服,希望你福泽绵长,永为至尊。"

宇文邕毫不疑心她的话,他并不像所有人认为的那样,因苏贵嫔的献礼而赏心悦目,全心信任。对于这两名宠姬的女红手艺高下,他心里其实是清楚的,只是并不点破。因此这次有人为了柳昭仪大费周章引他过来,其实只是他顺从了自己心底长久以来潜藏的念头而已。

但是现在还不是时机,一切都还没到时候。

宇文邕的身影没入夜色中,柳昭仪还痴痴站在门外廊下,犹有暑气的夜风吹得她面上泪痕阑干,眼中尽是茫然之色。

"姑姑!"柳述从灌木丛中跳出来,拍打着身上的蚊子蹿到她面前,张开五指在她眼前晃晃,发现她依然神情恍惚,于是凑到她耳边吼了一声:"你中邪啦?"

柳昭仪受了惊吓,一个激灵回过神来,可看着他的目光依然涣散无神,仿佛还有水色氤氲其中,将坠未坠。

妩姜跟在柳述后面出来,在他肩上拍了一下,蹙眉瞪他:"你才中邪,怎么能这样对柳昭仪说话?她可是你的姑姑。"

"不,我觉得她像个小孩儿,个性软弱,娇生惯养,经不起打击,还任性天真。"柳述朝她做了个鬼脸,又指指看起来确实六神无主的柳昭仪。

妩姜知道他说的是事实,但还是觉得他这种刺激的方式不适于帮助柳昭仪,毕竟能忍受他的毒舌并不是件容易的事。她抬手拍了一下柳述的脑袋,然后扶着柳昭仪柔声道:"昭仪,我们进屋说吧。"

在妩姜细语抚慰下,柳昭仪终于缓过神来,略带哽咽地诉说自己是如何向宇文邕解释的，他甚至很温和地安抚了她，并没有表示出任何不信任和指责，可他还是没有回应她是否可以回到后宫。

"居然只是这样……我早说了白费力气。"柳述略显沮丧，他觉得不该太相信帝王的感情。

但妧姜嘟嘴托着下巴沉思，并没有认可他的话。

柳述见她嫩白的腮鼓鼓的像个小包子，发梢飘落一朵细小的夜丁香，俏皮地停驻在她的腮上，忍不住伸指去弹了一下。

妧姜回过神来啪地打落他的手，瞪了他一眼："你又想偷袭我，不许拿我的脸当面团儿捏。"

柳述被冤枉后本来觉得有几分委屈，可看她生气的样子似乎更可爱了，索性逗她："不是我想把你的脸当面团捏，是我看见一只包子上停了只蚊子，想要帮你驱赶一下。"

"你的脸才像包子呢！"妧姜生气地说。

柳述窃笑不止。

妧姜撇开他不理，端正了神情对柳昭仪道："昭仪，你听我说，我想了又想，觉得陛下不是你说的那样无情，他是相信你的。之所以没有说要接你回去，是因为要顾忌苏贵嫔。至少你现在是安全的，在这里你不会成为苏贵嫔妒忌和针对的目标，也就不会受更多的伤害。也许你觉得他这样做很无情，但其实他是在保护你。"

柳昭仪犹疑地盯着她："是真的吗？还是你在安慰我？"

"我其实不是很了解陛下，但是柳昭仪应该很了解，你觉得他是个无情的人吗？"

柳昭仪本来低落的情绪渐渐缓和过来，妧姜坚定的眼神无疑给了她几分信心，她抽泣的声音也渐渐低弱至消失。

待柳昭仪平复情绪睡下后，柳述和妧姜才相偕离去。

"真没想到你还真有点儿办法，居然能让姑姑心情好转。"

"如果没有你的帮忙，我是做不到的。其实安抚了她的不是我，而是陛

下。如果陛下今晚不来，我说什么也不会有用的，他的态度明显给了柳昭仪最大的安慰。"

柳述笑了笑："那也是你的口才好，才能令她深信不疑。"

妩姜却睁着明亮的黑眸看他："你以为我只是安慰她呀？我说的都是我心里所想，我觉得那是真的。陛下如果对你姑姑完全没有感情，或者再也不信任她，何必要纡尊降贵来到掖庭这种卑微的地方？你随地扔的纸，他全都一张张捡起来，很小心地放入怀里，说明他很珍惜柳昭仪为他耗费的心思。其实那件'九龙飞天'吉服并不重要，重要的是你姑姑对他的心，他已经感受到了。"

柳述若有所悟地点点头。

"好了，我想我们能帮柳昭仪的也就这些了，她现在需要更坚强的态度面对浣衣局的生活。你让我照应她，可过度的照料会让她总是依附于他人，就像你说的，她就像个孩子，可她那样的性情正是从小在优渥的家境和宫中的奢华生活里养成的，我们应该让她学会长大。"

柳述思索片刻，觉得她说得也很有道理，点了点头。

"尤其是这次龙袍的事，我相信让她备受打击之余，也学会了如何防范来自人心的伤害。"

柳述轻叹了口气。总有一些人，为了自己的目的去伤害别人、出卖别人，或许他们开始只是出于自卫，可是后来渐渐迷失了自我。而妩姜却坚强而清醒，始终都能保持着自己的本心。想到此处，他渐渐觉得自己在不知不觉中居然有几分钦佩这个小姑娘。

东宫落成，周帝诏告天下，正式策立皇长子宇文赟为太子，即日起迁入东宫。

太子入主东宫，不但寝宫规模扩大，且身份不同，自然要扩充东宫仆役人丁，于是下旨在宫中广选宫女太监。人人都知太子即将成为未来帝君，哪个不是趋之若鹜，希望离太子更近几分？于是明争暗斗一时激烈，都希望在太子面前多加表现。

然而众人削尖脑袋，却都得不到太子的垂青，渐渐有人传出讯息，说太子挑选宫女十分苛刻，要考量外貌、才艺、德行各方面，简直与科考遴选无异。

妧姜在奉香殿的小花圃里料理一些用来制香的香草和小灌木，宫里的用香并不都是靠宫外采购，乔尔雅喜欢自己摆弄这些，以便更好地了解香料的习性用途，同时能打发时间。

奉香殿也有为数不多的小宫女，在花圃修剪花枝时三三两两地谈论入选东宫的事，妧姜虽然毫无兴趣，总会有一些言语飘到她的耳中。

"听说啊，太子要出考题给应选的宫女太监，尤其是宫女，条件尤为苛刻。"

跟着有人小小声道："我真不明白，不过选个宫女而已，需要这么多要求做什么？又不是选太子妃。再说了，女子无才便是德，可听说太子希望他身边的宫女能识文断字，最好还要懂一些经史子集之类的知识，你说咱们这些出身卑微的人，有多少是读过书的啊？"

"那可不，咱们能识得几个字，认识一些香料名字便算不错了，哪里读过什么书。"

"你们自然不行，可是宫女中一样有佼佼者，听说太子挑选宫女不仅是伺候起居饮食，还要从中选出侍读宫女，要求能知书达理。"

"天哪！还要知书达礼？难道还要通五经贯六艺？"说这话的显然是带着夸张的神情，跟着连她自己都"扑哧"笑出来，一脸不信的神色。

"你别说，还真有个称得上通五经贯六艺的，就是北齐……"跟着声音小了下去。

"嗯，听说她也想去……那还真的可以。"

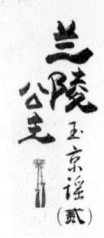

不用说，妫姜也清楚她们说的是高芷。这宫里出身高贵、教养良好的宫女中，高芷当数其中翘楚。除了她，还有多少宫女能有机会学习四书五经六艺？

不过听到这里，妫姜手里的花锄倒是顿了下来，心里不免狐疑："高芷不是出卖了柳昭仪，用'九龙飞天'吉服讨得了苏贵嫔的欢心吗？难道她打的不是投效苏贵嫔的主意？"

其实说到攀附权贵的话，就目前看来，宇文护权势滔天，说他拥有半壁江山都不为过。他能任由宇文赟被立为太子，一方面固然是宇文赟千方百计拉拢与他的关系，另一方面也是宇文元目前尚年幼，根本没有竞争能力。别看在竞争中宇文护甚至不惜牺牲宇文元，可是必要时权衡利弊，他也有可能扶持宇文元成为太子，毕竟那个小皇子和他宇文护有更亲的血缘关系。

妫姜不能理解高芷想做什么，但是高芷自己早已选择了阵营，早在她将妫姜和摩煊的关系透露给宇文赟的时候，便已打定了主意，要投效宇文赟。如今东宫之位定下，她自然不会改变自己当初的想法。在所有宫女们只求被选入东宫伺候的时候，她已想得更高更远——她才不屑终生为奴为婢，她想要的，是入主东宫。

就在妫姜和小宫女们或听或议论的时候，一道挺拔的身影无声无息地站在妫姜身后，投射下的阴影令她感觉到发顶一凉。

没等她来得及转身，已经觉得身边骤然寂静下来，之前议论高芷的小宫女结结巴巴道："太……太子殿下？"

妫姜的背脊一僵，缓慢地转过身去，看见小花圃里跪了一地，她没有抬头，沉默地跟别人一样跪下。不用看，她也清楚面前的藏蓝锦袍下的那双脚是属于谁的。

玄青的靴帮绣着瑞草纹样，云白的靴头一尘不染，不由令妫姜想起第一次相遇宇文赟的时候，同样的藏蓝锦袍，云头舄履，可是笑颜温文，完全不存在宇文赟这样居高临下的压迫感。

第四章 遴选东宫

"跟我走。"太子低沉的声音响起,语气不容置疑。

妘姜愣住,她不能确信太子是在和自己说话,可他明明又是站在自己面前。她稍稍抬起脸,直视那张不算陌生的脸。

从前相见,因为身份尊卑之别,宇文赟不是温和易近的人,她从来没有仔细看清过他的模样,现在看来,倒是和宇文赟很有几分相似。同样高挺的身段,精致的五官,紧抿的薄唇拗出一丝倨傲的弧度来,如果不是过于锐冷的目光略显阴鸷,他看上去应该是个讨人喜欢的年轻人。

对上妘姜的目光,他眉心一锁,明显露出几分不耐的神色来,眼神分明是在催促她。

他果然是在跟自己说话。妘姜心头一凛,但还是顺从地应了一声,起身跟在他身后往花圃外走去。

跪下的小宫女们惊诧莫名,眼睁睁看着妘姜似乎得到了太子的垂青,都惑然不解。

妘姜跟着太子穿过奉香殿的碎石花径,走上曲折迂回的小路,在一间八角亭内停下了脚步。

这座亭子横跨御园池水之上,三面环水,举目空旷,四面皆可看得清楚。

"你叫妘姜?"

妘姜知道他明知故问,但细想之下,自己似乎与他还真没有过直面对话,于是颔首答道:"回太子,是的。"

"我找你来,是想让你参加东宫之选。"

妘姜睁大眼,费解地问:"难道太子殿下去找奴婢,只是为了让奴婢入选东宫为侍?"

太子终于露出一丝笑容,但看起来并不是喜悦的笑容,而是冷淡中夹杂着几分讽刺的意味:"没错,你必须入选。不过你只要参加就行,你一定会入选的。"

"太子为什么一定要奴婢去参选?"

太子又露出那种略带讽刺不屑的笑容:"原来你还知道自己是奴婢,那就

记住了,一日在宫中为婢,就不要随意问主人'为什么',因为你的身份只能回答'是''明白'。"

妩姜静默下来。自入宫以来,她伺候过各种难说话的主子,可像太子这样刻薄又奇怪的还真是从所未见。

她顺从地应诺下来,拜别了太子。

太子阴沉沉的眼神看着妩姜的背影,如果不是提防引起他人猜忌,他没有必要这样迂曲地命令妩姜参选,完全可以直接下调令,可是这样迂调一个寂寂无名的小宫女会引人注目,他不能让更多的人去怀疑和查找妩姜的秘密。摩煊已死,证明了武力和囚禁对于《四夷书》传人毫无用处,他想更改策略,用怀柔政策来对付妩姜,令她软化就范,交出《四夷书》。

与妩姜的不情愿恰恰相反,云阳宫中,高芷在苏贵嫔跟前唯唯诺诺,满面讨好,只为了获得应选东宫的试题。

苏贵嫔看着她,眼神中有淡淡的不屑。

眼前的北齐姑娘妍艳姝丽,柔桡轻曼,举止得体,与寻常宫女相比确实风姿卓然,难怪会有攀龙附凤的心思。不过再怎么耗费心机,她也不再是高贵的公主身份,而是大周宫中的贱奴而已。当初大费周章出卖柳昭仪,意图讨自己欢心,原来心里打的是这样的主意,想借自己这个跳板进入东宫,继而登堂入室。

"其实,我也不知道太子的试题,不过他既要选伴读,总得是知书识礼的,你也算是上佳人选了,又何必来求我?"

"奴婢知道以苏贵嫔之能,得到区区试题不足为虑。"

苏贵嫔似笑非笑:"你如何断定我就会帮你?就凭那九龙袍?我早说过,看在那分上,你若想调回我身边伺候,我自当允准;可你居然瞧不上我这云阳宫,难道我还有兴致帮你?"

"奴婢知道苏贵嫔并无必要相助,但您且想想,东宫已立,势必渐渐成气候,苏贵嫔您要与之修好,还是谨慎防范,总得有个可以通传信息之人,难道奴婢不是最佳人选吗？"

苏贵嫔秋波流盼，重又扫了高芷一遍，目光微闪。

高芷清楚她已然心动。宇文赟要登上东官之位，平日少不了与苏贵嫔攀附结交，表面关系还是不错的，想要弄到这区区试题，太子一定会卖她面子。

"好，我拿到试题便命人送给你。"苏贵嫔思忖这少女留在身边也是根玫瑰刺，能出卖柳昭仪的人，也不会真心忠诚于她，不如安插在太子身边，或许有用。

就这样，妩姜和高芷各自怀着不同的心思，参与了东宫遴选。

当日风和日丽，可参选宫女们心中忐忑，不啻密雨阴云，个个都露出紧张神情来。

参选者要求仪姿美好，容貌姣丽，因此这第一关直接就刷掉了近一半的参选者，剩余者进入东宫内殿，由太子问话，笔墨作答。

每人面前搁置一张长案，笔墨纸砚俱全，但是提起笔来，倒是有许多少女面犯难色。本来听闻太子需要聪慧识字的宫女，可这识字与能写字毕竟还是有所区别，有些宫女只是认识些字，可以读些浅显的书，便硬着头皮来参选，真到执笔落字，便不由得犯了难。

首先说话的却是太子身边的长随太监荣正兴："你们每个人写下自己和父母的名字，生辰八字——这个必须要写，生辰八字和太子犯冲的万万不能留下。"

少女们霎时傻了眼，都以为执笔写字必然是考量书法、识字，没想到这一关居然要算八字。再一张望，果然大殿侧面有道士模样的人偋席跪坐，看来还是太子的上宾。

谁也不知道太子的生辰八字，即便知道也不清楚自己会不会与之犯冲，于是只能硬着头皮写下去。

唯有妩姜提着笔，在那里一动不动，仿佛有心事的样子。

"你为什么不写？"太子远远看见，皱眉发问。

"禀太子，奴婢不知道生身父母是谁，也不知道自己的生辰八字。"

这点令太子颇感意外，他盯着妩姜良久，每个人都以为妩姜要被勒令出席了，可太子只是轻轻点头，并没有再说话。

这场完全是由那名道士来定夺，每个人只看见他写写算算，很快便有小太监领了一个又一个宫女出去。到了妩姜的纸时，完全是空白一片，人群中高芷紧张地盯着，看这回她到底还有什么理由不落选。

可谁知，道士抬起头来向妩姜招手，示意她走过去。

妩姜不明所以，走上前在道士对面案前跪坐下来，依言伸出右手掌。

道士看着她的右手掌纹，眼中渐渐流露出惊愕，又抬头看她眉眼，过了很久才点点头："这孩子三才纹深广，福泽绵长，命属水相，水生木，当利于太子。"

谁也不晓得他这番论据讲得什么，但从他为妩姜的手相评论来看，这关妩姜显然是过了。谁也没留心到道士在看手相，研究妩姜掌纹的时候悄悄在她掌上写了几个字。

"留下，有需要我会帮你。"

妩姜充满疑惑，在她的人生中从未结识过和尚道士一类的人物，甚至从未踏足宫外，这个道士是什么人？为什么说会帮她？

但是道士已经挥手让她离开。

跟着听到那道士对高芷的命格推算："……身旺而财星透，官星于月令……同样是八字水旺。"

高芷不动声色地退下，谁也不知道那张纸上的命格并不是她的，而是苏贵嫔为她选的。太子选宫女要核生辰八字，这件事虽然在大家意料之外，可也不出奇，谁也不想安个命格与自己相刑相冲的人在身边。

随后考一些经史子集的注译，最后是一篇策论，题为治天下。

这种策论，一看就是难为人的，就算是识文断字的宫女们，也断不知道如何治天下，何况这种命题显然不适合宫女作答，不由得都傻了眼。

这时候剩下的不过是寥寥三五人，有两个人搁笔交了白卷，一脸惭色地退出殿去。

妩姜提笔想了很久，其实对于这种命题她也没什么主张，莫说她对天下格局并不甚了解，就算略有所知也不敢妄议政事。想了又想，她借《尚书·咸有一德》里的内容作答，以正心诚意来修身、齐家、平天下。

妩姜当然不懂策论该如何写，虽然在摩煊强迫下识了不少字，念了很多书，后来自己也读了很多书，可还是没有系统修过学业，只是凭借以往所知下

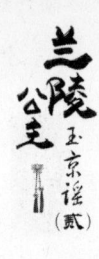

笔写文。即便如此，太子在拿到她的策论后，还是小小震惊了一下，没想到一个小宫女有如此见识，心中对《四夷书》传人的信念又深了一层，如果不是心怀《四夷书》，她怎么可能写得出这样的文章来？

高芷的作答是以刘向在《说苑》中的观念为本："圣人之治天下也，先文德而后武力。凡武之兴为不服也。文化不改，然后加诛。"她因为提前知道命题，答得也很流畅，当然策论内容也比妩姜写得具体细致，因此太子对她的文章也稍稍愣了一下神。

高芷察颜观色，心里十分失望，她以为自己有备而来，写得十分精彩，没想到太子除了那一愣神，并没有对她的文章格外留意，只是粗略看完，然后扫了她一眼，完全不像看妩姜的文章，逐字逐句，认真思索。当然她并不知道太子思索的其实不是妩姜的文章，而是猜测《四夷书》里究竟有什么内容。

太子眼中明显只有妩姜，他看完所有人的策论后，目光一直停留在妩姜身上，亲口点名让她留下。待到高芷时，他微微锁眉顿了一下，想起这是当初曾向他报讯的小宫女，若不是形貌出众，他差点儿就忘记了这个人。

算了，这个小宫女看起来也不错，写得一手好字，文理通顺，见识也算可以，就留下吧。太子心里思忖着。

最终，整个东宫遴选只留下了三名宫女，高芷、妩姜和另一名策论只写了几个字的宫女，名叫瑞芝。虽说她根本写不出什么策论，但她坚持到最后也不肯离去，太子不免留意了她一下，见她行止合乎礼度，形貌温婉可人，便留下了她。

当然东宫不可能只有这三名宫女，但是洒扫浆洗之类的宫女便不必遴选了，随意在各宫抽调了一些人手便解决了。

妩姜被选入东宫后，不得不再次和乔尔雅离别。

临行时乔尔雅叹息，叮嘱她万事小心，伴君如伴虎，太子只怕比猛虎还可怕。

妩姜不解，虽然太子看上去刻薄讲究，不好伺候，但也不至于像乔尔雅讲的这么可怕吧。

然而乔尔雅轻轻摇头："你不明白的，也许到了东宫以后你就会清楚了。太子并不像他看上去那样恂恂温雅，斯文守礼。"

妩姜盯着她，希望得到更多的指示，然而乔尔雅只是轻推了她一下："去吧，你这样聪明善解人意的孩子，应该能化险为夷。"

乔尔雅是向来言语谨慎的人，妩姜知道不可能再问出什么了，于是拜别她往东宫而去。

也许东宫是个危险的地方，可是妩姜想，凭着自己的努力和智慧也许能化解这一切，况且还有一个神秘的道士向她暗中传过可以帮她的讯息。看起来太子和周帝一样信奉道教，那名道士应该是他比较信任的人。

妩姜和高芷再次被分配到一处，还有那名叫瑞芝的宫女，三人一个房间。

四

妡姜生性善交朋友,很快就和东宫的花匠混得很熟。正值开春之际,花匠栽植了许多新的灌木和花树,妡姜闲暇之余替他帮忙,并央求他让自己选一棵枣树苗来种。

花匠是个上了些年纪的太监,很是和善,便答应了她的请求。

很快便有官人将选好的花树运送进来,帮着花匠栽植。妡姜则帮忙挖土,小心翼翼地打算将那棵小枣树苗种下去。

"哎,那是冬枣,栽植的时候要多浇水。"

"噢。"妡姜顺从地点头,然后就想在坑里施肥。

"不要在坑底埋肥,容易烧死它。"那个带着稚气的声音又响起,然后一双手伸过来帮她把树苗放下去,一边说:"不要埋得太深啊,还要踩实土……"

妡姜抬眼看这个完全把她晾在一边的少年,身材和声音一样单薄,脸容稚嫩,大约和她一般年纪。脸上和臂上的肤色都晒得黝黑,唯独散开的领口露出一截白嫩的脖子。看起来这似乎是个曾经出身很好的少年,却已经习惯了这样的劳作。

"谢谢你啊,我该叫你小哥哥还是小弟弟?"

"不用这么客气,你应该叫我小太监。"他填完了土直起身,比妡姜高了一点儿,脸上有些漠然,可眼中却掠过一丝伤痛。

"哦。"妡姜愣了一下,意识到这宫里即便是花匠也都是太监出身,于是抱歉地道:"对不起,我没有别的意思……你至少该有个名字吧?"

"我叫素问。"

"素问?"好熟悉的名字。但妡姜想了又想,她应该不认识一个这样的人,可是灵光一现,她想起了为何对这个名字觉得熟稔,"你姓施?"

对方骤然一惊,倒退了一步,即使是黝黑的皮肤也盖不住发青的脸色。

"灵枢是你姐姐?"妡姜压低了声线。

素问惊疑不定地看着她，良久才用同样低的声音道："你认识她？"

"我听她提过你，说你在宫中修葺宫殿，辛苦劳作，可为什么……"妘姜眼里满是疑问，虽然有些问话她难以启齿，但她想素问应该明白。

"没错，但是……"他沉默了一会儿，"那时候我还是个寻常劳工，可是东宫修建成功，劳工就必须被遣返出宫，而我不能，我是罪奴——我需要继续留在宫中服苦役，所以我不得不改变自己的身份。"他的声音越来越低微苦涩。

妘姜很震惊，她不知道素问究竟受了多少苦难，但是他这样的情形，灵枢应该还不知道，否则不知该怎样悲恸欲绝。

"你姐姐很想念你，她……"

"不要告诉她我的情形，就让她认为我失踪了或被发配出宫为奴了。"

"好的。"妘姜暗自下决心要照料素问，不能再让他受更多的折磨。

"对了，你为什么独独对这棵枣树特别重视？是因为你喜欢吃冬枣？它结出来的果子确实很甜很脆。"

"不是。"

"那是……"

妘姜抿紧了嘴没有回答他。不是不能说，是她不想再提。

在那个阴暗潮湿的诏狱里，摩煊咬着枣子，怡然自得，却逼迫她学习文字，当她背不出那些艰涩的文字时，他总会把吐出来的枣核每一粒都准确无误地砸在她的脑袋上。

当初为了避免这样的灾难，妘姜再也没有送过枣这类带核的水果给他，然而现在连那样被枣核打头的遭遇也已成往事不可追忆。但是她知道，那已经成为她记忆不可分割的一部分，枣核砸在头上的感觉，那些微痛和酸楚，永远留在昨天。

在东宫过了半个月，妘姜觉得这里的生活并不像想象中那么难捱，之前乔尔雅给她的预警仿佛只是多余，妘姜甚至觉得伺候过的这些后宫皇族中太子是

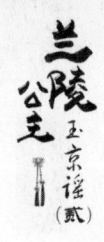
最易相处的。

太子每日由七八名宫女轮流照顾,连守夜也得两三人,因此脏苦累的活根本轮不着妧姜干,她和高芷所做的只是帮太子更衣、盥洗、伺候笔墨,然后每日陪同太子去太学侍读。太子自有伴读,她们所做的只是在学堂门外廊下随时候命。

妧姜总是在窗外听到室内琅琅的读书声和五经博士的讲解声,她候命之余总是认真地侧耳倾听,想要将所有教习内容都听懂。而高芷自幼接受良好的宫廷教学,自认为学识渊博,对这些毫无兴趣,有时甚至会嘲笑妧姜见识浅陋。

下晚课时,别的王孙皇族公子都已先离去,唯有太子和他的伴读不知道为了什么缘故在争执不休,起初他们声音很低,高芷贴着墙侧耳倾听,却分辨不清。

"在吵什么?你听得见吗?"高芷皱眉问妧姜。

妧姜摇摇头,也听不清楚。

太子的伴读是他乳母的儿子,自幼结伴游玩,关系相当亲近,甚至敢与太子开一些别人不敢开的玩笑。因此她们虽然好奇,但都没太当回事。

但是她们随即听到了一记响亮的耳光声,不由得都呆住了,从窗缝中看去,太子脸色阴沉地站在那里,伴读捂着脸垂头站在他对面,似乎很不对劲的样子。

"这么点儿小事都办不好,要你何用?"太子冷眼看他,然后拂袖而去。

高芷和妧姜匆匆跟上,百忙中高芷还好奇地回头一看,见那伴读委委屈屈地从室内出来,脸上五根清晰的指印,看来太子这一耳光掴得不轻。

"发生什么事了?"高芷大着胆子,轻声问了一句。她和妧姜一样,觉得太子看起来温文体面,不是难相处的人。

孰料太子蓦然止住脚步,转过身来,令疾步跟在他身后的高芷差点儿撞上去。她有些惊恐地睁大眼,看着面前距离咫尺的面孔。

"我的事,还需要都向你解说一下吗?你以为你是谁!"

高芷苍白着脸倒退几步,眼中满是惊恐之色。

倒是妩姜，曾被太子用相似的话语讥讽过，并不以为意。

不过当时太子言辞虽然刻薄，语气却很平淡，并没有刻意斥责的意味。而今天，他很明显带着情绪，眼神阴冷，语调凌厉，不容人置喙。

"走。"这个字太子是只看着妩姜说的，毋庸置疑，他示意高芷不要再跟着他了。

妩姜跟随在他身后越走越远，高芷一脸茫然，过了好一会儿才渐渐从惊恐中恢复，看见太子伴读黄贺霖无精打采地走过来，脸上那几道指印还赫然在目。

"到底发生什么事了？太子发了好大脾气。"

"没事。"黄贺霖垂头。

"跟我说说呗，也许我能帮上点儿忙。"

黄贺霖看了她一眼，出乎意料，眼中竟然也有几分不屑之色，但随即就偏过头去："你帮不了。"

高芷被他不屑的眼神和语调激怒了："我不过好心而已，你要能做得让太子满意，哪用挨他耳光？"

黄贺霖似乎怔了一下，然后看她一眼："你会写策论吗？"

"呃……勉强会一点儿吧？"

"才勉强会一点儿？那你怎么帮得了我？"黄贺霖听了她勉强的口气，已经明白，于是冷笑一声。

高芷还是很糊涂，她会不会写策论，跟能不能帮忙有什么关系？

"太傅要求太子三日后交出一篇像样的策论来，太子殿下就和我商讨这篇策论里的政见，可是他明知太傅的意思，却不愿意附和，写的策论言辞激烈，交出去自然不能令太傅满意。可太子又尊师重道，自然烦愁。"

高芷心里却清楚，什么尊师重道，太子畏惧的只是宇文邕而已，他怕的是太傅朝宇文邕告御状，其实心里压根不愿屈从太傅那种老学究的观念。

黄贺霖看她沉思的模样，不愿再和她搭讪，转身便欲离去。

"别走。"

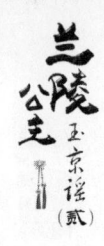

"嗯？"

"三日之后你确定自己能完成任务？"

"但我也确定你不能帮我完成。"

"对啊！我是不能确定自己有能力帮你完成，但是我可以帮你不用完成这任务。"

"什么意思？"高芷说得有些绕，黄贺霖颇为费解。

高芷神秘一笑，微靠近他，附耳说了几句话，然后意味深长地笑笑。

黄贺霖想了片刻，摇头表示不妥："这样或可解决眼前危机，但不能解决长久的问题。我跟太子从小一起长大，很清楚他喜怒无常、翻脸无情的个性，早晚我还是要因为不能完成任务而被他责罚的。"

高芷笑了一下："不会的，因为这次之后，他就会找到一个可以替代你的人，从此后不再用你。"

黄贺霖惊诧地看着她："谁？"

高芷抿嘴而笑。

"不是吧？你也太异想天开了！"

高芷斜瞪他一眼："是你太高估自己了吧，莫非你以为你做不到的事，别人就无法做到？"

黄贺霖稍一沉默，然后嗤笑一声："有人为我做替罪羊，求之不得。"

第五章
伴读出童

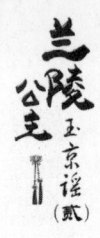

太子默不作声地回到东宫。

妩姜如往常般取了便服打算给他换上,他却一挥手,示意另一名当值的小宫女为他更衣。换上便服脱靴的时候,因为稍有些紧,小宫女使力大约不合他的意,他居然什么都不说,抬脚便踢,且是当着她的面门踢下去。

那小宫女仰天坐倒,鼻血长流,一脸惊恐地看着太子,完全不知道自己哪里得罪了他。

"这么用力想扭断我的脚?脱靴都不会,你怎么伺候的?"太子粗暴地自己脱下那只靴子劈头盖脑朝她砸过去,他的力道着实不小,砸得那小宫女连手肘都撑不稳,后脑勺儿着地摔倒下去。

他提起另一只靴还想砸过去,却被妩姜轻轻地接住:"殿下,让奴婢来吧。"她语调柔软,如泠泠泉水潺湲而过,太子似乎被她抚慰了,呼吸渐渐平稳下来,任由她帮自己穿上了云头乌舄,看着她鸦色的青丝拂过自己的膝边,若有所思。

太子净手后到了书房,吩咐瑞芝研墨。

因有前车之鉴,瑞芝知道太子心情不好,她心中带有惧意,手也微微颤抖,加水的时候不慎加多了一点点,研墨时心更慌,墨色免不了有些浓淡不匀。

太子心有所思,并没有注意她的举止,随意蘸了墨开始写策论。孰料写了几个字,发现墨色不匀,再一侧脸,看见瑞芝的手犹在颤抖,墨锭用力不均匀,节奏不一,难怪有浮墨。

太子怒从心起,挥笔摔到瑞芝身上,墨汁甩了她一脸。这还算是运气不错,笔轻靴重,瑞芝不至于像先前那个小宫女被砸出鼻血来。

"今天是怎么了?你们都想把本太子气出病来不成?"

眼见着太子就要把那方沉重的墨锭往瑞芝身上砸过去,妩姜抢上前一步轻按他的手:"殿下,这方是上好的瑞墨,瑞芝只是还不太会用而已。"

其实妫姜心中不是没有惊惧的,她第一次见识到太子的喜怒无常,意识到乔尔雅所说并非虚言。只是乔尔雅提醒她时,告诫她万事要忍,她却没做到,她想用自己的方式去化解太子心中的戾气。

妫姜接过墨锭,她镇定地运起腕力均匀地推磨墨锭,那是一锭新墨,边角尚未磨圆,她用力适度,推磨得很是均匀。相比瑞芝,她对砚和墨的确更熟悉一些,也更懂得如何研墨。

太子冷眼看着她稳定匀称的动作,眼神渐渐柔和下来,淡淡道:"其实你之前写的策论并不好,你从未学过怎么写吧?"

"嗯,奴婢学识浅陋,只是将心中所想写上去而已,不懂策论该如何下笔。"

"难得的就是你心中所想。"一个看起来应该全无见识的小宫女,心中所想就已如此了得,其实和她的胸襟气度有一定关联。

太子吁了口气,继续写着策论,妫姜边研墨边侧头看,偶尔听他相问,也答上几句,虽然她自觉并没有什么高见,但太子的神情似乎很满意。

"今日我被太傅斥责了,三日后还要交一篇新的策论。"太子轻叹一声。

妫姜这才明白他心情不好的原因。但没想到就因为这样,他能发那么大的脾气,牵连所有人。她不禁对未来的东宫生涯有些担忧。

太子边写边思考,显然行文进展得不是很顺利,有一次他自己写得怒意渐升,抓起写满字的纸揉成团就想砸人,可抬眼看见妫姜,不知为何又略一犹豫,转而将纸团用力砸向瑞芝。可怜瑞芝被他甩了一脸的墨一直未敢去洗,现在墨汁干透,在她脸上显得十分滑稽。

太子满腔的怒意在看到瑞芝的狼狈相后骤然消散,他愣了一下就嗤笑出来:"你居然一直不去洗脸,瞧你那难看的样子,真傻。"

瑞芝也一愣,垂首小心翼翼地低声道:"未得殿下首肯,奴婢……奴婢不敢……"

这句话却不知怎的又惹怒了太子,他脸色一沉厉声道:"难道本太子就这么可怕?"伸手一指书房门,"滚!"

瑞芝如获大赦，急急地躬身退了出去。

这篇策论不断涂改又撕毁重来，直写到子夜时分，太子连晚膳也未曾用，妩姜就一直站在他身边伺候着，陪他一起挨饿。但他精神似乎不错，完全没有饥饿感，直到最后掷笔不写，似乎才想起身边还有个伺候的小宫女。看了她一眼道："去做点儿夜宵，我饿了。"

妩姜应声下去。

不久，妩姜做了几道小点心和一碗盖浇米粉端上来，一碟枣泥菊花酥、一碟杏仁豆腐、一碟银丝卷，看起来颜色清爽，搭配得也很讲究。

太子闻到米粉上的浇头散发着油花的香气，又见点心看来精致怡人，忍不住食指大动，尝了几口，惊诧地赞赏了一句："你的手艺都够去御厨房做尚膳了。"

"奴婢跟着秦司膳学过一阵。"

"哦，秦瑞真没眼光，居然没选中你。"太子随意说。

妩姜也没有多加辩解，只细心地替太子夹了一小块点心。他这才想起她到现在也饿着，招招手令她坐下一起吃。

妩姜迟疑片刻，太子却道："这是旨令，不得违抗。"

她只能坐下，很小心很斯文地陪着吃完了这一顿夜宵。

直到安置太子睡下，妩姜才觉得累得全身酸痛，站着研墨那么久，又下厨又伺候的，她也是勉强支撑到了现在。她捶捶自己酸痛的肩，在太子床前的脚踏上斜倚下来守夜。

本来轮不着她值夜，这种苦差事太子很少让她做，但今天所有的宫女都被他一阵冷言厉色赶走了，于是只能由妩姜暂代。

纵然如此，妩姜也不能安心地倚床小憩，因为太子在床上翻来滚去，似乎一直睡得不安稳，间或还能听到他压抑和烦躁的吁气声。

妩姜想起曾有值夜的宫女提过，太子易失眠，而且每逢失眠必心绪烦躁，想来他喜怒无常的情绪也是因肝火郁积过盛而引起。她记得四司学习时曾听御医说过，子时胆经当令，丑时肝经当令，子时阴阳交汇，宜养阳气，令肝胆之气生发。反之若长年失眠，用思不宁，则气血瘀滞，情志压抑。

她想了想，知道以太子的脾性，劝慰和开导必然无用，应该另谋他法，让他夜间安眠，情绪稳定。她边思索边倚在床脚边，渐渐昏沉地进入梦乡。

"不……不……东宫是我的，我才是长子嫡孙！"太子的声音从低而模糊的絮语渐渐转为狂躁，继而响亮起来，带着惊恐和愤懑，情绪复杂。

妩姜被太子的呼喊声惊醒，甚至没来得及点上灯，便掀起帷帐前去察看，发觉太子从床上痉挛似的弹坐起来，整个身子颤抖着。当晚月光如银，自窗口挥洒进来，将他脸上蜿蜒而下的汗水照得泛亮，唯有双眸带着几分惧意，苍茫失神。

妩姜拿帕子拭着他的汗水，轻声道："殿下，奴婢去点灯。"

"不！"太子反手抓住她手腕，手心黏腻发烫，"不要去点灯，我不喜欢光。"

妩姜想了想，隐约明白了什么，他想逃避自己的内心，更不想让别人看到他脆弱的一面。在争储这条路上，他走得并不像别人所见那样意气风发，顺心如意，以至于他到现在坐上了太子之位，还是每日存着有人和他竞争的隐忧。

于是她默默地拿起帕子帮他擦汗，直擦得帕子都快湿透了。她去桌边倒了杯温水过来，递给太子。这一路她都是摸索着前行，一直没有点灯。好在月色明亮，也渐渐看清了周围。

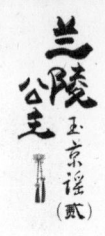

"只是做了个噩梦，没你的事了。"太子的声音恢复了镇定，脸色看来也正常了许多。

但妩姜知道，他越是如此，越是说明他习惯于压抑自己的内心，因此遇到一些别的事，内心的暴躁就发作出来，甚至迁怒于别人。妩姜忽然不觉得太子的暴戾十分惹人厌了，只是隐隐觉得他有几分可怜——身在皇家，或许就是他的可怜之处。

"奴婢陪着您。"妩姜走到香鼎前，燃了一品香，这品香方里有薄荷、崖柏，可以令人宁神安定。

清淡的薄荷带着些沁心的凉气四下飘散开来，太子渐渐静了下来，不是刚才那种压抑的平静，而是心底散发出来的平和。

"殿下，奴婢给您吹一曲笛子吧。"妩姜忽然想起东宫有很多乐器，于是摸索着去找了支笛子来，坐在床边细细吹奏着，笛声委婉清新，仿佛流动着南梁湿润的空气，袅袅抚过人心。

太子躺在床上倾听着，他听得出这是南梁小调，也许吹笛也是摩煊教会她的。但是他不想让妩姜知道他其实清楚摩煊和她的关系，于是只是安静地听曲，在水乡柔韵中渐渐进入梦乡。

妩姜蹑手蹑脚地放下帷帐，累得倚着床脚便沉沉睡去。

次晨，太子醒的时候都已经快到太学开课时分了，他看了一眼蜷在床边脚踏的妩姜，愣了一下，回想起昨夜，不知为何，他悄无声息地绕过了她，也没有唤任何人进来伺候，自己匆匆更衣然后出门，唤高芷替他洗漱了一下，早膳都来不及吃便去了太学。

高芷见不着妩姜，有些纳闷，但经过昨天她已不敢再多嘴，顺从地跟着太子。

进了课堂，太子意外地发现伴读黄贺霖脸色苍白，看起来不太对劲的样子，只有昨天脸颊上的指痕印还模糊未消，有几分红肿。

太子冷眼看他一下，心中余怒未消，对他的施礼毫不理睬。结果五经博士方开始授课，黄贺霖突兀地开始呕吐起来，满面痛苦地捂着小腹，身子摇摇欲坠。

授课博士发现了他的异常，急忙上前察看，但没走近便闻到他呕吐的酸臭味，不得不倒退几步，皱眉道："你还能走吗？去太医署找个太医看看吧，今天的课不必上了。"

"多谢……谢先生。"黄贺霖扶着桌案，可怜巴巴地看着太子，显然在等他允准。

"去去去，这几天不用来了。"太子有些心烦地看着他，算是恩准了。

黄贺霖如获大赦，跟跟跄跄地自行扶墙离去了。

结果没多久，太医署便有人来报太子，黄贺霖患了伤寒，易传染，只怕近期都不能来太学了。

伤寒传染性强，也是极危险的病，太子就算不顾忌黄贺霖的身体，此刻也绝对不想再见他，当即准了他两个月的病假，让他好生休养不用来了。

听闻这一切，高芷在廊下抿嘴无声一笑，知道黄贺霖终究是听从了她的建议。什么伤寒，不过是他弄的那些巴豆起了作用而已吧？黄贺霖也够狠的，巴豆的分量肯定下得不轻，瞧他上吐下泻的模样，是真吃了不少。也难怪，在太子面前想要完全作假是不可能的。

太子下晚课时，心事重重，高芷清楚令他烦扰的是伴读的问题，她尽量用最柔和的声音问："殿下，您是在心烦没有伴读的问题吗？"

"跟你有什么关系？"太子横了她一眼。

"奴婢想，奴婢虽然才疏学浅，但只是暂代两个月伴读，应当还是可以的。"

"你？"太子用狐疑的眼神看着她，想起了她的那篇策论。虽然观点没什么特殊，但似模似样，不像妩姜那般行文生涩，而且论到书法，也算中规中矩。或许……

正在太子动摇的当儿，太傅不容商议的语气响起："女子岂可来太学？简

直伤风败俗。实在没有伴读便罢，不过两个月而已，莫非你自己不能坚持？"

太子在太傅面前有些灰溜溜的，垂头应"是"。

高芷愣在当地，瞬间觉得鼻头发酸，心中一堵，几乎要哭出来。耗尽心机却被太傅一句话否决，她感觉自己整个人都快崩溃了。

太子本来就在犹豫不决，被太傅否决了倒也没有太沮丧，只是依然在为寻一个伴读的事烦恼，心事重重地往东宫而去，撇下高芷独自在原地吞声忍泪。

东宫内，妧姜那一觉睡到红日喷薄，醒来时太子早已不在殿内，身上却盖着一方薄毯。她自打入宫以来从未犯过这样的错，不由得慌乱又不安，揉着倚得发酸的脖子匆匆出去，却听廊下值守的小宫女玉钿笑道："妧姜，殿下说过你今日不用去太学伺候了，还说不许我们唤醒你，让你多睡会儿。"

"嗯？"妧姜一怔，边揉脖子边想着太子的话，琢磨不出他有任何怒意来。又想起身上那方薄毯，看来他对自己确实没有恶意，连自己的失职都没有怪罪。

细想来无非是因为昨日太累，又熬夜半宿，后来为了让太子安眠，还点了那品有助眠作用的香，结果连她自己也被催眠了，才睡到这会儿。既然不用去太学伺候，她总得找点儿事做，想了想便去了奉香殿，找乔尔雅要了点儿香料开始研制香方。

回到东宫，太子心绪不宁的状态很快被妧姜窥破，她不禁有几分诧然。刚寻思着如何措辞婉转地向太子询问，却见到沮丧的高芷也回到东宫。

太子没理会高芷，甚至连妧姜也没理，自行去了书房并关上了门。

"这是怎么了？发生了什么事吗？"细腻敏感的妧姜感应到了不同的气息，难道是因为早晨的事，太子还在郁怒之中？可是不像啊。

高芷瞪了她一眼，冷笑："黄贺霖患了伤寒，病休两个月，太子没有伴读，自然烦愁。"这回她也不怕妧姜能与自己竞争，太傅不准女子进太学，妧姜自然也没戏。倘若妧姜想为太子解忧，去自讨没趣也好，让她碰太子的壁去。

想到这里，高芷不免有些幸灾乐祸，自行回房。

妩姜想不到高芷的这些念头，也没去细想太子缺了伴读该如何，毕竟那不是她的职责范畴，她拿了今日从奉香殿制好的香粉加入了蜂蜜，煎尽香气，将所剩的灰丸用小瓶收集起来。

月影西斜时分，妩姜掌上灯，在炉中燃起一品安魂香，然后将煎剩的香灰丸加入冰糖燕窝羹里，凉在桌上等候太子。

太子进殿时，一股子幽幽甜香缭绕在整座寝殿内，在他鼻端盘旋不去。

"好香啊。"太子在桌前坐下，端起燕窝羹尝了一口，头也不抬对妩姜道，"今晚不用你守夜。"

"是，奴婢知道。"

"那你还不走？"

"奴婢在薰炉内燃了安魂香，殿下今晚应该能安稳地睡个好觉了。"

太子意外地看她一眼。

妩姜告退后，太子走到熏炉前揭开盖，铜炉古韵蕴藉，梵烟缥缈，香气幽远，他露出一丝不易察觉的笑容，少了往日的阴鸷之色。

洗漱上床后，他又发现枕边一个镂空香球，里头放了些橘皮，有一丝柑橘清香。

"这又是谁放的？"

值夜宫女答："也是妩姜，她说橘皮是宽中理气的，能令人舒适易睡。"

太子躺在床上，深吸了口气，感觉香气仿佛在四肢百骸内游走，因为专注于去感受香氛，整个人都放松下来，竟有种前所未有的愉悦和轻松。他舒展了四肢，很快进入梦乡。

妩姜治好了太子的失眠，令他心情大好，但即便如此也未曾得到他一句赞赏。他本来就是个刻薄寡恩的人，对待宫人相当冷漠，寻常宫人从来也得不到他一个真正的笑容，这是东宫以外的人所不知道的一面。自然，在东宫以外的地方，尤其是周帝及外臣面前，他表现得品性贤良，举止得体，因此不会有人在意他对宫人如何，反正那都是些奴婢而已。

三

太子枕边的鲜橘皮过几日便要更换,园子里恰巧栽了几棵柑橘树,正是成熟时节。妩姜独自在树下摘着,没提防树那边有花匠拿着勺在浇花树,一勺水隔着树枝间隙泼过来,她不慎被淋个全身湿透,哎哟叫了一声。

"啊,对不住!"两个小花匠从树后匆匆过来,其中便有素问。

"咦,是你啊,我们没留心到树这边有人,真是抱歉。"

"没事没事。"妩姜举袖闻了一下,却皱起眉来,"你们在浇水吗?怎么这水还有一股馊臭味?"

素问忍笑道:"不好意思,这水里有隔夜的豆渣,因为豆渣和水能滋养树根,所以……"

"妩姜……妩姜……你怎么在这里?"瑞芝从远处气喘吁吁地奔过来,刚走近就举袖掩鼻退了几步,"你这是掉茅房里了吗?怎么这么臭?"

素问替她回答:"不好意思,是我们刚才在浇树……隔着树枝没瞧见有人,浇到她身上了。"

"这下糟了,太子让你即刻便去,他在等你。"

"好吧,我换身衣服便去。"

"可是今天他的情绪好像又不太好,你要是去晚了只怕……"瑞芝有些忧心地看她。

妩姜这才发现瑞芝额角有些红肿,不必问也知道,多半是太子拿什么东西砸的。

"好吧,又是因为你不会研墨?"

"不是的,这回太子要练骑射,让我站在靶心……我……我一害怕就躲了,然后……"瑞芝垂下头去。

"什么?他竟然让你站在靶心当活靶子?"妩姜大惊之下就打算跟着瑞芝走。

"等等。"素问有些紧张地拉住她,"花房里有套干净的衣服是我的,你赶紧去换上,不能带着这身味儿过去,不然太子可能更生气。"

花房就在园子里,不必绕回宫女值房里更衣,妩姜略一思索便跟着他跑过去了。

衣服拿到手妩姜就愣了一下,衣料其实还不错,但明显看得出不是同一块布做的成衣,只是被人巧妙地拼凑起来,看上去像是花纹的样式。她立即就明白这件衣服是灵枢亲手做的。

妩姜匆匆换上衣服,幸而素问年纪小,身材又瘦削,她穿上并不显得臃肿。

妩姜谢过素问,跟着瑞芝匆匆小跑,才知道太子仍在练骑射的皇家马场,怪不得瑞芝说来不及更衣。

太子骑在马上,居高临下,冷眼看着奔跑过来的两名小宫女,他身边赫然是许久不见的二皇子宇文赞和三皇子宇文赟,同样骑在马上,连柳述都一身侍卫服饰端正地在马场边伺候。

妩姜惊讶之下放慢了脚步,她从宇文赞的眼中明显看到对自己的担忧之情。她知道,他是怕自己也像瑞芝一样被当成活靶子。不必看,柳述也一定是相同的忧心表情。

看见妩姜,太子的语气柔和了许多:"怎么到现在才来?"随即眉头一皱,"这穿的是谁的衣服,破破烂烂的。"

他又扫了她一眼:"不过,你穿还挺好看的。知道我让你来做什么吗?"

妩姜弯起眼眸浅浅一笑:"太子应该不是让奴婢来做靶子的。"

太子笑笑:"相信我吗?"

妩姜点点头。

太子指着百步外的箭靶:"站到那边去。"

妩姜想了想,还是镇定地往箭靶走去。

"别,别比试了太子哥哥,我认输了。"宇文赞突然开口。

妩姜这才知道原来他们兄弟俩是在比试骑射。宇文赞显然是因为担心她的安危,宁可放弃比试。

太子却只是发出一道不明意味的笑声，纵马绕着马场奔驰起来。

"太子哥哥，太子……"宇文赞急急地策辔跟过去，企图拦在他前头阻止他射箭。

一边的柳述也是大惊失色，不顾身份地抢上去跟着。他没有坐骑，也没有资格在皇家马场奔驰，但还是想着或许能用身体拦在妩姜面前，凭他的身手应该可以接住太子射出去的箭。

但毕竟奔马速度更快，况且太子的坐骑是马场里数一数二的名驹，很快便奔驰到了妩姜近前，不但远远甩开柳述，连宇文赞也落后一段。他却没有张弓搭箭，而是在马上躬身下去，拦腰抄起妩姜将她甩上马，让她坐在了自己身后。

"抓紧，坐稳，我这马可不是寻常的御马，会把你甩下去的。"

"嗯。"妩姜抓紧他腰间螭首带扣，疑惑地问，"可是奴婢不明白殿下想做什么。"

太子不答，却反问："你刚才是不是担心我会把你当靶子来射？"

"奴婢没有担心，奴婢相信太子殿下即使射箭，也绝对会百发百中，不会射到奴婢身上。"

"你就不担心本太子其实是想把你当活人靶子射？"

"如果真是如此，奴婢也无怨言，殿下是太子，未来储君，想做什么都是可以的。但是奴婢不相信殿下会这样做，殿下因德才兼备而被立储，将来也会是仁人之君，岂会玩这种草菅人命的游戏？"

太子突然纵声笑起来，笑了好一阵才停歇，并回头看看距离和他越拉越远的宇文赞，而柳述此刻奔得气喘吁吁，见到妩姜没有危险已在草场边停下。

"我知道你和他们早就相识，但没想到二弟对你如此紧张。"

"二皇子只是以为您要比试骑射，才跟上来的。"

太子淡淡道："那为何三弟没有跟上来？"

妩姜哑然。

"不管你们从前是多好的朋友，以后少见他们，最好不见。妩姜，你记住，你是东官的人，永远都是。"

妩姜凛然，感觉到太子这话颇有弦外之音，她迅速转念，权衡之后答："奴婢自然是东官的人，身在东官一天，都会听从太子旨令。"她说得婉转又得体，太子丝毫没有留意到她的言外之意。假如有一天她不在东官为奴，当然就不再听太子旨令。

太子对她的应答很是满意，策辔缓行下来，宇文赞跟上和他并驾齐驱。

刚才太子的声音不高不低，刚好能让妩姜听清，距他较远的宇文赞却完全没有听见，此刻一脸疑惑地望向他们，全然不知道太子葫芦里卖的是什么药。

"阿赞，你输了。"太子侧头朝他笑。

宇文赞莫名其妙："我怎么输了？"

"咱们比试的是骑射吧？刚才虽然未射，但比试的却是骑术，我的坐骑比你稍优，不愿占你便宜，因此多驮了一人在马背上，而你还是被我远远甩在后头，不是输了是什么？"说完太子哈哈一笑。

宇文赞瞪大眼，完全料不到太子这一招突如其来竟然是和自己比试骑术。他回头看看犹在原地茫然不解的宇文贽："太子哥哥，你要比骑术也该知会一声，阿贽都没跟上来。"

"跟上来也是输，他的骑术比你还差。好了，回去。"太子掉转马头，意气风发地往马场入口缓行而去。

妩姜在太子身后转头朝宇文赞和柳述使眼色，宇文赞很快便明白了她的意思，神色如常地跟在后头缓辔前行，仿佛从不认识她。

柳述则用担忧的眼神目送妩姜，直到她朝他莞尔一笑，腾出一只手来竖起食指朝他摇了摇，示意他平静，暗示自己没事。

柳述稍稍放了心，跟在宇文赞马边往回走。

太子在马场入口下了马，对两个弟弟笑道："今日不比了，改日再约。"

"啊？"宇文贽一脸茫然。

宇文赞却已下马恭送太子。

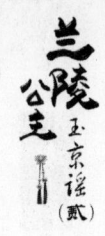

瑞芝和妩姜跟在太子身后往东宫方向回去。

一路上瑞芝不时惊讶地打量妩姜，她有点儿不明白这个小丫头有什么特殊之处，总是让太子另眼相看。如果说平日里只觉得太子对妩姜稍微和颜悦色一些，那今日她可完全看出，太子对妩姜不是好一点点，而是完全没把她当寻常奴婢看待。这让瑞芝很是好奇。

"你穿男装挺好看的。"这是太子第二次夸赞妩姜这身装扮了。这令她莫名其妙，又低头看看自己身上那一身，在宫里头，这只是比贫民好不了多少的装束。

"明儿就穿上这身，跟我去太学。"

"啊？"

太子见她不明白，重复了一遍："我的意思是，从明日起你得做我的伴读。"

"奴婢……这怎么行？"

"你可以的。"太子不等她质疑，就加快了步伐前行，再也不给她说话的机会。

妩姜和瑞芝被太子甩开，只得自行回了宫女值房。妩姜换下那身衣服，心里琢磨着这回还不成衣服，该如何向素问解释。或许他也就这么一套替换的衣衫，她有些不知如何是好。

"这身衣服就是那个小太监的吧？看起来手艺平平，而且像是一些不同面料的碎布拼接起来的。"

妩姜点头。

"实在看不出有什么好看，怎么殿下就一直称赞呢？"

"我也不明白。"

瑞芝忽然福至心灵："或许不是这身衣服有多好看，而是殿下希望你穿男装去做他的伴读。"

"也许吧。"妧姜根本没在意这件事，她还在纠结没衣服还给素问该怎么办。

她俩无意识地闲聊，压根儿没留心到高芷什么时候已到了门外，听见她们的对话，高芷若有所思，垂下眼睑，止步不前。

次晨，雀鸟婉转的啾啁声唤醒了妧姜，她起身更衣，然而手臂往袖内一展，便听到嘶啦数声，发现拼接处有好几处开裂松动，不由得呆住了。她完全不记得这件衣服什么时候开裂过，可是一件完好的衣衫绝不会因为她伸了一下手臂就轻易撕开。她再次将衣服前后翻了一遍，仔细查看，心中略微一动，拈起一处平整的线头沉思起来。

这不是无意导致的脱线，这是人为的损坏。这件衣衫虽说是多幅布料拼接，但她很熟悉灵枢的手工，细腻而工整，虽然比不上柳昭仪的女红那样出神入化，却也是细密整齐的针脚，不可能会发生这种多处脱线的情形。

她扫了一眼高芷和瑞芝的床铺，高芷昨晚在太子寝殿守夜，瑞芝今天中午才当值，还未起床。

"妧姜！"太子不耐烦的声音在门外响起。

妧姜吃了一惊，匆匆奔出门去，看见太子脸上浮现的阴翳。

"你在做什么？还不见你去洗漱。"

妧姜尚未回答，太子已看见了她手里攥着的男装，皱眉道："你这是做什么？不是让你穿上这身衣衫？"

妧姜不想让太子有疑念，展开衣衫给太子看裂开的线缝，答道："是奴婢晨起更衣时不慎穿破了线缝，这衣衫不能穿了，因此才耽搁了。"

太子的神情缓和了一些，看都不看那件破衣一眼："就这么件小事，你扔了它吧，跟我走。"

妧姜跟着太子往他的寝殿去，看见打好水候着伺候太子的高芷，太子看都不看她一眼，径自取了一件月白色便服给妧姜："换上，跟我一起去太学。"

"可这是殿下的……"

"是我的,可能会不太合身,但你已经没别的选择了,回头我再让人给你订制几身。"

妩姜无奈,只得依吩咐进内室去更换了那身便服。出来时焕然一新,令太子眼前一亮。

太子身材高大,这身穿在娇小的妩姜身上无疑是太宽松了些,好在这衣服穿起来宽袍博带也未尝不可,倒也不显得突兀。她束紧了腰身,衣料奢华,饰带飘逸,眉眼灵动,皓齿红唇,看起来便是个俊俏潇洒的小书童。

"这回是真的好看。"太子由衷地赞了一句,"比昨天那身破破烂烂的衣服强多了。"

"可那是奴婢借来的,不知该如何还回去了。"

"这不算什么,改日叫司衣局的替你量身定做时再多做两套还给他。"

没想到还有意外之喜,这回灵枢不必担心素问没有衣服穿了。

两个人同出殿时,高芷震愕又惊怒地盯着妩姜那身衣衫。不必问也知道,东宫里只有太子的衣衫才有如此轻薄丝滑的质地,为了让妩姜当伴读,太子居然连自己的衣服也给她穿了。

高芷跟在他们身后一同去太学,心里又嫉又恨。早知只要换上一件男装就能解决伴读的事,这件差事怎么会轮到妩姜?但是随即又想,即使她换上了男装也没有用,太子分明只属意于妩姜,否则不会在她破坏了素问的衣服后,还设法要带妩姜去。想到此处她不禁又沮丧又愤恨。

果然,太傅在上课时完全没有发现妩姜是女儿身,只是诧异为何又多了一个小伴读。

太子从容地解释说因为他无人伴读很不适应,于是在皇族中临时找了个孩子。太傅也没有再追究,继续上他的课。

但意外的是,太学之中居然多了两个妩姜的熟人,宇文赞和他的伴读柳述。

宇文赞这是第一次来太学就读,看见女扮男装的妩姜十分惊愕,一整节课不时回头看妩姜,眼神中满是疑问,与他举止相同的是柳述。这两个人从一开始就心不在焉，完全没有认真听课，于是没多久便被太傅发现宇文赞在走神，提问两次都得不到正确的回答，十分恼火，公然训斥他果然处处不及太子。

但是妘姜并未被这一切影响，她一直认真地旁听，甚至比太子更为专注。伴读自然不会被太傅提问，但是她一丝不苟的神态多少还是被太傅发现了，太傅对她投去赞许的目光。

这样旁听了一阵，又跟随太子习练书法，妘姜的学识和书法都进展很快。由于太子之前的警告，她从未在人前和宇文赞、柳述搭过话，日常都是恭谨地候在太子身边，尽量少开腔说话，以防被人识破女儿身。而除了他俩，别人都只当太子的这个小伴读内向羞涩，不爱说话。

久而久之，宇文赞和柳述已习惯了妘姜的存在，也形成了默契，在妘姜的纸条暗示下，不再企图和她接近，只偶尔以眼神交流一下。

太子发现妘姜书写流畅，只是火候有所欠缺，开始下意识地指导她学习书法，甚至亲手握笔教她。

妘姜起初是无意识地跟着他练习，渐渐地，由于太子的指导，字体渐渐成形之余，笔锋走向越来越像太子的字迹，到后来简直有七八成相似了。

太子并没有在意这件事，妘姜自己倒是有几分欣喜，觉得书法长进不少。

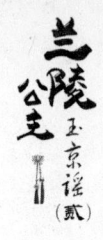

"妩姜,这是太傅今日出的策论题。"太子轻叹了口气。

妩姜看着太子摊在自己面前的策论命题,仔细研读了一下,其实是道虚拟的朝政事务处理题,策论要求太子在文中直书处理方法及善后事宜,如何能既便利百姓,有利朝政,又不超出朝廷库银支出。

"这种策论应当不难吧,殿下您自己才学过人,应该是可以提出两全齐美的方法来解决此事的。"

"太傅每回都固守陈旧观念,而我却想要破陈立新,写出来的策论常与他的迂腐观念背道而驰。例如上次我建议调动商贾经贸,改良经商渠道,管理行商口岸,他却说士农工商,商为下品,不是身为太子该琢磨的课业。"太子脸色阴郁,显然十分烦恼。

妩姜低头思索,跟着便明白了太子的为难之处。太子锐意革新,太傅却思想守旧,这两代之间的冲突,很难说谁是谁非,太子坚持己见,是因为他的提议确实有可行之处,可是太傅反对,也未尝不是道理,因为有些政事变革本来就非一蹴而就,在实施的时候确有难度。

"太子还是希望能令太傅满意,达到求同存异的吧?"

太子露出一丝不耐:"其实我很烦他出的一些策论命题,我和他在朝政见解上本属不同立场,我没兴趣总写一些让自己觉得违心的文字。但是他是太傅,尊师重道又不可或缺,我该怎样让他满意?"

他顿了一下又道:"其实我并不像你想的那么清闲,你以为我每日在书房的时候都是在做什么?"

"太子在攻读诗书,习练书法。"

太子摇摇头:"除了这些,我还得完成一些父皇交代的任务,学习处理一些简单的政务,并不只是每日上太学这么简单。"他抚着额头,眼中有几分厌倦疲累的神色。

妩姜隐约明白了他夜间不能安眠的另一个原因,太子这个东宫之位得来不易，他也并不是生来就含着金钥匙，地位永不变更的，他需要付出更多的努力去讨好宇文邕，做出更多的成绩，而这些已经超出他能力的负荷，常令他觉得不堪重负，才养成他暴躁易怒的个性。

妩姜又细细察看了那篇策论课题，先询问了太子自己的意向，随后揣摩着太傅的意思提出了一些意见。

太子边听边点头，边说边让妩姜将他的意向及处理方案整理记录下来，然后沉思着该如何听从妩姜的建议，选用折衷婉转的文字来表达。

"妩姜，你真是朵解语花。"太子看着她记录下的策论，不禁微笑。

这是妩姜难得看到他真心的笑容。她一直觉得太子纵然急进易怒，但勤勉认真，也不是全无是处。

两人商讨之后，太子在她记录整理下的策论上圈点修改了少许，重新誊抄了一份上交太傅。

高芷自从做伴读无望，便开始寻思别的攀附之路，她想到了自己曾经主修过的茶道。她生性聪颖，做公主时就对这些奢侈享乐之事有几分涉猎，后来精修茶道时确实也有几分小心得，但跟宫中浸淫数十年的尚茶司元世福比起来，毕竟还是小巫见大巫。

宇文赟身为太子，寻常茶道自然不在他眼里，而高芷想要讨得他的欢心，便要剑走偏锋。她想了很久，翻了许多茶艺典籍，想起了从前做公主时曾有一次品过尚茶司贡上的新茶，当时觉得针叶浮碧，瓷碗如玉，除却口感不谈，单只视觉也是一种享受。

而那种瓷，产自越地，称为越瓷。

越瓷色彩明快，质地细腻，在当时烧制技艺已算很高，唯一不足的是稀有。当然，这稀有是针对民间而言，大周宫廷就算不多见，也还是有的。妩姜借太子令从司库中调用了一套越瓷茶具，开始精心烹茶。

她精心烹制的茶清碧鉴人，芳香清远，配上如冰如玉的越瓷，单看茶色便显出上佳茶品的成色来。

果然，这一招很是讨太子的欢心，第二日便命高芷在太学烹茶敬师，惹得

太傅那个爱好茶道自命风雅的老学究一阵赞许。

太傅虽然身份不低，但像宫中这种但求精致不问代价的茶艺还是很少见到的，因此很给了太子一点好脸色，连妩姜那篇并不精彩的策论都赞扬了一番。

下晚课时，太傅犹在手握越瓷杯，轻轻旋转，满眼皆是恋恋不舍。越瓷讲究颜色青、翠，集千峰翠色于一身，釉质细密，清新淡雅，仿佛素颜美人。

"太傅喜欢，这套越瓷就送给太傅吧。"

太傅显然是有拥有的意愿，但想了一想还是摇头："这样一套名瓷，老夫拥有了固然是好，可美人终须配名将，没有这小宫女烹茶的手艺，还是委屈了它。不如就将它留在太学，让这小宫女每日为大家烹茶，好令你们上课时清神醒目。"

"好。"太子恭敬地辞别太傅，带着高芷和妩姜离开。

高芷一路上十分郁闷，本是想借着太傅讨太子欢心，没料到给自己讨来一个天天烹茶的差使，一想到每日从清闲的日子变成烹茶给整个太学的学生同赏，就觉得"搬起石头砸了自己的脚"。

"高芷，你今天做得很好。"太子突然开口夸赞。

高芷一愣，心中悄然升起一股喜悦之意，冲淡了刚才的懊恼。这可是自打入东宫以来，生性苛刻的太子第一次对她的所为加以称赞。

"从明日起，东宫的事务你可以少做，也不必轮值守夜，多翻些茶经精研茶道，在太学能令太傅欢喜才是你的职责。"

"是。"高芷顿觉"塞翁失马，焉知非福"，多揽了活计看来也不算坏事。

"妩姜，我们走。"没等高芷的欣喜之情生根，太子已带着妩姜离去了。

和高芷的待遇恰恰相反，妩姜守夜轮值的次数增多了，但太子给了她特殊的待遇，命人在寝殿另设了一张窄窄的胡床给她。他总觉得有妩姜在的时候，睡得会格外踏实平静些。

高芷对此深感愤怒，表面上她的活计是轻松了，可其实却和太子疏远了，这与她的初衷背道而驰。她不明白妩姜有什么特别之处，居然让太子每日与之形影不离，上太学时妩姜是伴读，在书房时妩姜陪练书法，连就寝也是妩姜伺候日常。

很快，高芷便有心地打听到妩姜治好了太子的失眠症。她咬牙监视了妩姜多日，发现每晚夜宵中妩姜必会在太子茶点中加一丸不知名的物品，不由得渐渐生疑。

初时她想亲自揭发妩姜，但犹豫片刻，不敢断定那究竟是什么，万一并不是什么毒物，岂不弄巧反拙？以太子对妩姜的维护，自己只会遭殃。心念一转，她便想到了瑞芝。

入夜时分，瑞芝在高芷的带领下站在寝殿外，无声地看着妩姜将安魂香的灰丸放进蜜羹里轻轻搅拌，不由倒抽了一口凉气。

两个人慢慢退开，瑞芝惊疑地问："她放的那到底是什么？"

"我也不清楚，但是你看她瞒着所有人做这事，就该知道绝对不正常。"

"难道她受人指使，暗害殿下？"

"很有可能。我每晚在这里偷偷察看，发现她做这件事已经有一阵了。"

瑞芝紧张地问："那你为何不告诉殿下？"

"殿下最近只打发我去研究茶经，连轮值守夜都取消了，这不明摆着是疏远我吗？你秉性温厚，得太子信任，这件事由你去揭发更可信些。"

"但是……"

"没有什么好但是的，我也不会放任不理，我会在旁替你作证。"

"嗯。"瑞芝重重点了点头。对于伶俐善辩的高芷，她是半分提防之心都没有的。

很快,在瑞芝的提议下,带领太子和高芷来了一次"人赃并获",三个人一同推开寝殿的门,看到了妧姜正用小勺均匀地搅拌着杏仁露。

"妧姜,你刚才放的是什么?"太子语气并不凌厉,甚至还有几分温和。

妧姜初见他们时,先是怔了一下,而后神色平静地道:"是安魂香的灰丸。"

"灰丸?"

"加蜂蜜入茶,以助宁神安睡。"

瑞芝忍不住问道:"既然是宁神安睡的,你何必瞒着殿下,也不让大家知道,每晚偷偷加入殿下的夜宵之中?"

妧姜解释道:"因为是安魂香煎灰后剩余的灰丸,怕殿下嫌弃不愿服用,才出此下策。这品安魂香外薰内服,方能达到最好的效用。"

"我可不信,偷偷摸摸做的事,必非好事。"

太子看了瑞芝一眼,她有几分胆怯,看向高芷。

高芷即道:"奴婢可以为瑞芝作证,我们确实接连几晚都看到妧姜独处的时候才悄悄放这灰丸。至于里头到底是什么,奴婢也不清楚。"她的话模棱两可,既认可了瑞芝所言,也不直接指证妧姜。

瑞芝听了她这番话,总觉得有哪里不对,却又说不出来,毕竟高芷承诺了她自己所言,出来一起指证了妧姜。

"这安魂香灰丸虽是香煎过的余烬,却绝对安全,奴婢可以亲身一试。"说完妧姜便端起手中碗盏打算喝下去。

"慢着。"太子却阻止了妧姜,朝殿外喝道,"来人,去寻条犬或猫来。"

皇宫里没有豢养什么猫犬,好一会才有人战战兢兢拎了一只肥肥的灰兔来,大约是御厨房的膳食材料。

"殿……殿下,实在只有这一只活物……"

太子皱一下眉，没有反对，指着那碗杏仁羹道："灌它喝下去。"

妩姜刚想反对，却被太子刺人的眼神逼得强忍住了不出声。

兔子本不肯喝，但被太监摁着强行灌了半碗，挣扎着蹬腿蹬了半天，终于在东宫诸位都丧失了耐心的时候，太监手中的兔子蹬够了腿，身子一挺，寿终正寝了。

太监还以为兔子装死，毕竟"兔子蹬鹰"的传奇故事他还是听说过的，于是小心翼翼地将兔子放到地上，却见那兔子已经失禁，流了一地黄白之物，依然直挺挺躺在地上，才确信它是真死了。

"这这这……莫不是有毒吧？"

太子的眉锁得更紧了，望向妩姜："你还有何话说？"

妩姜轻叹了口气，道："奴婢先前想阻止殿下，并不是害怕什么，而是想告诉殿下，兔子不能用来试毒。这只兔子明显是御厨养来做兔膳的幼兔，兔子生性娇贵，幼兔更不能喝太多的水，何况这安魂香里还加了数种人体才适宜的香料分量，它怎么可能吃得消？"

"啊？"太监显然也不了解这点，惶恐地看着太子。

太子也愣了一下。

"养兔的人人皆知这点，殿下可以去御膳房随意问人。"

其实不用多问，曾经短暂修习过御膳的高芷也想起了这一点，脸色不由得发青。

太子愠怒的目光便投向了那太监："蠢才，让你做这么点儿小事也做不好！"

"可可可……这东宫，哪里来的猫犬……"

"没有就你自己试，剩下半碗你给我喝下。"

那太监大惊，莫说这碗里有没有毒尚不可确认，光是这兔子喝剩的杏仁羹，想想就够恶心了。

但太子一脚踹过去，将他踹得捂住小腹坐倒在地，脸色有些发白。

妩姜于心不忍，抢上前端起碗道："还是奴婢来试吧。"

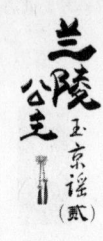

太子厉声呵斥太监:"今天你一定得给我喝下去!"

虽说太子近来睡眠安稳,暴戾性情改善了不少,可一旦怒形于色,还是十分可怕的,惊得那太监再也顾不得脏,端起兔子喝剩的碗一饮而尽。

"好了,统统给我滚出去,明早他若不死,瑞芝你给我过来'领赏'!"太子转脸看妩姜,"你留下。"

除了妩姜外,其余三人皆是一身冷汗,恨不得连滚带爬出了寝殿。瑞芝心里更是凉了个透彻,太子口中说"领赏",必然不是好事,她完全不敢想象太子该如何发落自己。

瑞芝身边只剩下高芷的时候,她突然惊恐地问:"若是明日发觉那什么香灰丸真的无毒,殿下不知会如何惩罚我。"

"我也不知道,不必太担心了。"高芷敷衍道。

"不,我好害怕。"瑞芝一直蜷在墙角哆嗦,她想起太子翻脸无情的性格,甚至担忧自己会丧失性命。

高芷本来昏昏欲睡,十分厌烦她的絮叨,但迷糊中忽然灵光一闪,翻身起来:"不如你逃跑吧,我帮你逃出宫去。"

"啊?这……这不可能吧?"

"怎么不可能了?我之前在掖庭待过,我知道那里有处水沟自墙下走,我们沿着水沟爬出去,可以帮你逃出宫去。"

"那你呢?"

"我?总得留个人来平息太子的怒气,如果我们俩全走了,整个东宫的奴婢怕都要遭殃了。"

瑞芝茫然又天真地看着她,已经渐渐相信了她。

于是高芷起来,迅速帮瑞芝收拾着衣物和很少的一些首饰,看着她简陋的行装,高芷一脸同情地说:"你就这么点儿钱,将来出了宫可怎么生活?"

"没事的,我会干活,洗衣、做饭,我什么都会。"

高芷叹了口气,翻出一支凤头钗,每一根凤尾都缀着鲜亮的祖母绿,在纹路中细细地嵌着,手艺精湛,巧夺天工。"这是我在北齐被俘之后,藏在衣服夹层中保存下来的，是我十岁那年母后给我的生辰礼。"

她的眼神有些惘然，似乎在回忆北齐宫殿的奢华生活，隐隐有泪光泛出，但很快便收敛了，笑着对瑞芝道："你带着，将来典当了，可以令你一生不愁吃穿。这样精致的首饰，我敢说连大周皇宫都很难找出几件来。"

瑞芝大吃一惊，推拒道："不不，我怎么能要你这么贵重的东西，不行，不行。"

"我在宫中，这个已经没用了，反倒是把它留在身边万一哪天被人发现，很容易被冤枉为偷盗的。你带走吧，可以凭着它生存下去。"

瑞芝再三推辞，高芷当机立断道："没时间了，快走吧，你以后能记得我就行。"不容分说便把钗塞进她的包袱中，拉着她，趁夜往掖庭而去。

"记着，从这里往东走一段路，看见岔路往右转，然后……你要快点儿，趁天亮之前到达小沟，然后从沟里爬出去，我知道这很委屈你，但是没有更好的路可走了。太子那样暴戾，上次你什么都没做错就那样打你，这次如果知道你冤枉了妩姜，他怎么可能轻饶你？"

瑞芝隐隐觉得有些不对，忍不住道："我没有冤枉妩姜，是……"

"我知道你没有冤枉她，一定是她早就察觉了什么，提前把那个什么香丸给换掉了。但是太子那么喜欢她，一定会相信她。"

瑞芝说不出话来了，默默点头。

"快走，我只能送你到这里，明天我要早起伺候太子，再晚就来不及了。"

瑞芝彷徨无依地辞别了高芷，往前走了一段路又回头，看见高芷朝她挥手，示意她快走，她无奈地又向前走去，却越走越慢，不知该何去何从。

走了一段，掖庭的路曲曲折折，小径千回百转，瑞芝发现自己已找不到高芷所说的路，又无从求助，一时方寸大乱。

她是选秀进宫的，但因为容颜姣丽，性情温良，又读过些书，在宫里向来是伺候贵人的，从来没到过掖庭这种最低等奴婢待的地方，不由得惊慌起来。

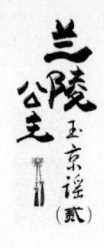

妩姜睡到半夜，迷糊间听到有人敲门，她一惊而醒，为防吵醒太子，她迅速起身去开门，却看见高苣提着一盏小灯站在门口，一脸惊惶："我有事要禀明太子殿下。"

妩姜看了一下外头的天色，月上中天，冷光荧然，不由皱眉压低声音："你想干什么？无论你有什么事，这种时刻你都不该来打扰殿下。"

高苣一愣，显然也想到了太子的个性，犹豫片刻道："这件事你不禀报也可以，但是有什么后果你得担负全责。"

妩姜听高苣轻易就把责任推卸给自己，不由得皱眉。

她很清楚高苣的个性，这件事无论禀报与否，都会将责任推在自己身上。她想了想，反身进殿在太子帐外轻声道："殿下，高苣说她有重要的事情禀报，奴婢只能来请示下太子。"

其实在高苣敲门的时候，太子已有几分醒来，听她在帐外说话，"嗯"了一声算是允准。

妩姜便唤了高苣进来，听她道："启禀太子殿下，奴婢夜间起夜的时候，发觉瑞芝床上已经没有人了，而且她又不在茅房，于是奴婢起了点儿疑心，一查之下发现她所有衣物细软都不见了，连奴婢打小贴身收藏的一支凤头钗都不见了……"

"等等，你贴身藏的？"妩姜敏锐地察觉到了她话中的漏洞。

高苣急忙辩解："是的，但是奴婢每回洗浴时总是要将它取出来放在枕下，恰巧今晚洗浴完忘记将它贴身放着了。"

妩姜默不作声，但心中已隐隐对她的话产生了怀疑。

高苣继续道："殿下，奴婢怀疑瑞芝因为今晚诬陷妩姜不成，打算逃离宫中，因为今晚她一直缠着奴婢在问掖庭的路，奴婢无意中说掖庭里有一条排放污水的沟渠可以通往宫外，但那地方低矮狭窄，只有身材瘦小的人才能爬过去。"

太子唔了一声："你就是来让我去追查瑞芝的下落？"

"奴婢担心瑞芝既然能盗了奴婢的凤头钗，说不定也盗了宫中之物，让她逃跑事小，失了殿下体面事大啊。"

"也有道理，妧姜，你立即让东宫所有人都起来，分别通知掖庭禁严、护卫队搜寻，在掖庭出口设关卡，尤其是尽快赶到那条沟渠处。"

妧姜心中暗叹，宫中宵禁抓人，她并不陌生，当年被抓的是她，今天是可怜的瑞芝。

妧姜细想今晚瑞芝指证自己的时候，向高芷望了两次，她隐约明白了一些。

在太子旨令下，掖庭迅速戒严，东宫侍卫抢先堵住了掖庭通往宫外的沟渠入口，并开始缩小包围范围。

而瑞芝此时也发现了各处宵禁搜查的灯笼，她惊惶地四下躲避着灯光，沿着黑暗的小径到处乱走，终于走到了沟渠边。

按太子的吩咐，所有戒严队伍都提着灯笼，只有守沟渠的站在暗处没有点灯，等着瑞芝自投罗网。

就在瑞芝四下张望，走向沟渠的时候，暗处伏击的侍卫猛然扑上来将她牢牢按住："跟我们回去见太子殿下！"

瞬间的震惊之后是剧烈的颤抖，瑞芝眼见越来越多提着灯笼的身影快步过来，连挣扎都放弃了，泪水涌了出来。

瑞芝被押着到了东宫寝殿入口，和妧姜错身而过时，听见妧姜低低地说了一句："不要害怕，如实回答。"

瑞芝不能理解到了这种时候还怎么不害怕，于是根本没留意这句话，颤抖着流泪进了殿。

太子抚着额坐在床沿上，披着外套，甚至没有穿戴整齐，眼中仍有倦怠的睡意，似乎不想开口。

高芷偷瞄他一眼，揣摩着他的心意道："瑞芝，殿下没空跟你多话，现在我替他问你几句话，你只要实话实说便行。"

瑞芝突然想起妘姜刚才也说过类似的话，仿佛溺水的人抓住了一线生机，茫然点点头，心里想着只要实话实说也许就能活下去。

"你是不是冤枉了妘姜？"

"我？没有，我……不是……"瑞芝发现越解释越乱，急切地想要将高芷发现妘姜在夜宵里加东西的事说出来。

但高芷截断她的话："你不用说太多，殿下没心情听。或者说你开始并不知道事实，但后来觉得可能冤枉了妘姜，所以心里害怕殿下责罚你，是不是？"

瑞芝点点头，喘了口气，没等她转过神来，又听高芷问："所以你觉得逃出宫去会更安全些？"

瑞芝只能又点头。

"所以你就收拾东西打算从掖庭逃出去了？"

瑞芝再点头。

"你偷了宫里的东西没有？"

"没有！"这次瑞芝是急了，斩钉截铁地回答。

高芷看了一眼押送她回来的侍卫们，得到的回答是包袱里确实没有宫中的东西。

"殿下，就是这样了。"高芷垂头站在太子跟前，"您能不能看在瑞芝不懂事的分上从轻发落？"

太子的目光却转向瑞芝散落的包袱，里面除了随身衣物和少量碎银铜钱外，赫然跌落了一支华光熠熠的凤头钗。

"将她押入暴室，听候发落，任何人不得前去探视。"

"殿下，殿下，奴婢冤枉啊！"

"德根。"太子面无表情地唤了一声，当晚吃了兔子剩下杏仁露的太监应声站出来，他看起来没有任何不妥。

太子看着瑞芝："如果你是冤枉的，那妘姜算是什么？"

瑞芝看着安然无恙的德根，情绪完全崩溃了，呜咽地哭起来。

"走吧。"高芷推搡了她一把,在她耳边低低地道,"我会替你求情的,你运气太差了。"

直到寝殿所有人都散尽,太子打了个哈欠,看着过来替他重新铺整床褥的妩姜:"这件事你怎么看?"

妩姜想了想问:"殿下打算怎么处置瑞芝?"

"背叛的人,我没兴趣再把她留在身边。如果她只是因为对我的关心而无意中冤枉了你,那我只会责罚她一下;但是她想逃跑,而且偷了高芷的凤头钗——"

"殿下认定那是瑞芝偷的?"

"那支凤头钗我只要看一眼就知道是上等的珍品,手工制作并不是我们大周的风格,倒是北齐贵族身上缴获过类似的凤钗,所以高芷说的是真的。"

"那也不一定是瑞芝偷的。"

"你的意思是高芷撒了谎?她把自己的凤头钗塞在瑞芝的包袱里?这样做她有什么好处?"

"殿下,奴婢不敢确定。"妩姜不能把自己的猜测当事实说,而且太子和皇后显然是完全不同的人,太子看起来独断专行,不是那种轻易相信他人的人。

"瑞芝已经自己承认了,我知道你心软,但是这种已经盖棺论定的事,你就不要再胡乱揣测了。"太子见妩姜还想说什么,加了一句,"别忘记瑞芝曾冤枉过你,她对你可没怀着什么好意。"

眼见着太子的神情由睡眠被打扰的慵倦转变为冷厉,妩姜只能应道:"奴婢明白了。"

太子的神色缓和下来:"睡吧。"

妩姜见识了太子的起床气,意识到现在为瑞芝求情不是适当的时机,于是伺候他睡下了。

不几日,太子打算亲自提审瑞芝,但他阻止了妩姜和高芷前去旁听。

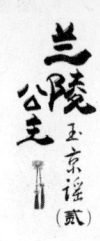

妩姜趁太子提审的当儿急急去了花园找到素问，让他立即去二殿下宇文赞的住处求助。瑞芝在调来东宫之前，一直是伺候柳昭仪的，当柳昭仪落魄后她被打发去做一些洒扫的粗活，因为她从未干过那些，觉得不堪重负，才想到了要来东宫应试，没料到被搅进这个局里。

没过多久，宇文赞和柳述迅速来了东宫。

宇文赞看了妩姜一眼，吩咐柳述在外头等他，自己去了东宫的暴室。

柳述和妧姜四目相对，两个人找了处僻静的地方，聊起瑞芝的事。

听完妧姜从头到尾的叙述，柳述也认为最可疑的便是高芷。毕竟之前妧姜被高芷使绊子对付过好几次，钱辰玉甚至都因此和瑞芝一样被高芷利用过。只不过辰玉有个掖庭令伯父，自己运气也算不错，才没落到瑞芝的地步。

"她是个聪明人，做每件事都不留把柄，这也是她从小在北齐皇宫长大学来的权谋心术，要对付她不是件易事。"

妧姜点点头："起初我总认为对她多加忍让便行，毕竟在宫中相互倾轧、尔虞我诈也属常事。我从小乐天知命，以为用善念可以化解所有人的恶念，但现在看来，对于高芷行不通。"

柳述难得见到她的脸色如此沉重，揉揉她的发顶："不要怕，有我们呢。"

妧姜却又嫣然一笑，两眼弯出笑纹来："不用为我担心，我会小心提防她，太子看来还信任她，现在还不是时机。"

两个人正说着话，听到暴室门口传来人声，忙走过去毕恭毕敬候着。

只听太子的声音道："不过一个宫女而已，犯不着二弟亲自前来。"

"她是从前伺候柳昭仪的，虽说柳昭仪被贬，但好歹也曾经是你我的庶母，她曾经对我们不错，既然她得知此事前来求情，我也不好意思推却。太子哥哥，不过一个顺水人情而已，打发瑞芝去掖庭，对她而言也就是惩罚了，您身份尊贵，不必和一个奴婢过多计较。"

太子笑道："二弟，你很少为他人如此费心，照我说，这原因不是如此单纯吧？"

"就是这样。还有，柳昭仪的侄子是柳述，你知道的，他身为我的侍卫加伴读，一直关系都不错。"

太子哈哈一笑："好，不管怎么样，你亲自过来，总得给你个面子。来人，把瑞芝送到掖庭去。"

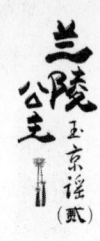

太子和宇文赞并肩出来,两个人谈笑之间,话题已经转移到了何时一同再比试骑射。

妘姜和柳述都微松了口气,两个人打算离去的时候,看见暴室里有人架着瑞芝出来了。

虽然不知道瑞芝经历了什么,但是她鬓发散乱,低垂着头,衣衫上还有斑驳血迹,双脚被拖着前行,可以判断出曾经在里面受过刑。

妘姜叫了一声,瑞芝没有应声,她担忧地问架着瑞芝的太监:"大哥,请问瑞芝怎么样了?"

那两名太监都是暴室的狱吏,见惯了各种刑罚,面无表情地答道:"打断了几根骨头吧。"

妘姜大惊失色:"为什么要下这么重的手?"

其中一个太监好不容易掀眼皮看了她一下,冷笑:"为什么?这个问题你得问太子殿下。殿下吩咐重刑,那板子不落在她身上,就得落在咱们身上。"

另一个太监嗤笑了一声:"别跟她说,傻乎乎的,进了咱暴室的,哪有好端端出去的?"

妘姜如同被泼了一盆冷水,呆立在那里。

柳述见太监嘲笑她,顿时脸色一冷,提起腰刀拦在他面前,阴着一张脸道:"你刚才说什么?敢不敢再说一次?"

太监瞧见他出鞘一半的刀,寒光闪闪,便噤了声不再说话。无论如何侍卫也是比他们级别高的人,不是小宫女可比。

"去找张门板来,好生把瑞芝抬到掖庭去,不许再这样拖着她。"

一名太监壮着胆子抬头看他:"虽然你的级别是比我们高,但你似乎无权直接命令我们。"

"那请问,我有权直接命令你们吗?"原来是去而复返的宇文赞,他久不见柳述跟来,过来瞧瞧。

两名太监看着他一脸温雅的笑意,忙不迭答:"是是,二殿下的命令,奴婢自当遵从。"于是一人将瑞芝扶着靠在自己身上,另一人连滚带爬去寻门板了。

宇文赞看着柳述和妩姜："走吧，他们会照吩咐做事的。"

妩姜点点头，跟着他们慢慢往东宫外走去。

"在这宫中，你退一步，别人就会进一步，适当的忍让是对的，但是学会利用自己的地位也是应该的。别以为你只是个小宫女，你现在贴身伺候太子，就是和别人不一样。"

"对不起，我学不会这个。"妩姜有些无奈。毕竟她出身掖庭，被人指使惯了，天性又温存善良，不像宇文赞，生来就有以势压人的优越。

宇文赞笑了笑："不是让你真的以势压人，但对那些攀高踩低的人，你过分的容让只会换来更多的欺压，我要你学会的是对一些心存不良的人适当反击。"

妩姜点点头，若有所悟。

"但是你在东宫不能打着我的名义，要小心太子。"他忽然压低了声音，"你和我不能太熟，快回去吧，别送我们了。"

"嗯。"

妩姜转身正想走，柳述一把拉住她。

"干什么？"

"看看你这小脸是胖了还是瘦了。"柳述忍不住伸手去捏了一下她的脸蛋，感觉软乎乎嫩滑滑的特别想搓两下。

妩姜大怒，啪地打掉他的爪子："你当我是面团儿啊？"

"你还知道自己像面团儿啊？长得越发珠圆玉润了，再吃下去，长大了就嫁不出去了！"

妩姜气得想追着他打，可柳述跑得快，转眼便出了东宫宫门。

宇文赞哭笑不得地看着这两个半大孩子，叹了口气也走了。

妩姜双手叉腰，原地喘气，不明白为什么每次柳述都能成功地激起她的火暴脾气，其实平时她的脾气好是出了名的。

但是跑远的柳述却抛下一串得意的笑。

"柳述，下次别总欺负她。"

"二殿下,你不觉得她生气的样子很可爱吗?两腮鼓得圆圆的,总让我觉得想捏几下。"

宇文赞想了想,也不禁失笑。

妩姜回了东宫,却见太子端坐在椅中,冷眼盯着她看,殿中空无一人,似乎是在专程等她回来。

"奴婢见过太子殿下。"

"你别告诉我不是你去通知的阿赞。"

"是,奴婢知错。"

"你错在哪里?"

妩姜想了想答道:"奴婢不该擅作主张去通知二殿下。"

"你是打算让阿赞来压我?"

"奴婢不认为二殿下可以压过太子殿下,如果说瑞芝被释放是二殿下的原因,那是因为太子殿下顾及兄弟之情给他一点儿颜面而已。"

"你为何不直接向我求情?"

"奴婢只是个下人,跟太子求情也得是身份相当的人,奴婢不能僭越。"

太子似乎对她的回答还不够满意,又盯了她一会儿道:"瑞芝冤枉你,你为什么还希望给她一条活路?"

"瑞芝冤枉奴婢,是因为她不懂香,而且是出于关心殿下的念头,而奴婢所做的也确实有欠考虑,如果当时先向太子禀明也许就不会有这场误会。"

太子截住她的话:"如果你提前告诉我那是香丸烧的灰,我肯定不会服用。"

妩姜有些无奈地看着他。

"但是,"太子忽然又一笑,"近来我的睡眠确实好了很多,所以你就算是将功折罪了。不过瑞芝的事我已经说过了,惩罚她不是因为她冤枉你,而是因为她想逃离宫中,并且犯了盗窃罪。"

"奴婢明白了。"

"这次就算了,给阿赞一个面子,也算给柳昭仪一个面子,下次不许再有这种事,如果你想为谁求情直接跟我说。"

"诺。"

太子起身伸了个懒腰,然后道:"你知道我最生气的是什么吗?"

"是奴婢不该跟二殿下走得太近,但奴婢最近真的已经不跟二殿下他们说话了,这次是托一名花匠去传讯的,奴婢也知道要避嫌。"

"嗯,我已经知道了,如果是你亲自去的,多少也得小小惩罚一下。"太子的脸上虽然有一丝笑容,可是比冬日的阳光还要稀薄,让人有种透心的寒意。

妩姜心底打了个寒战,脸上却不得以露出一丝浅笑来:"奴婢谢殿下开恩。"

太子拍拍她的肩:"知道吗,你笑起来很可爱,多笑笑,不要每次见着我都是一脸恭谨和畏惧。"

"那是因为太子威仪慑人,令人不由自主心生敬畏。"

太子笑了笑:"小嘴真会说话。"

妩姜再次深切领受了太子的喜怒无常,只觉得背上微渗了一层薄汗。

第七章 策论风波

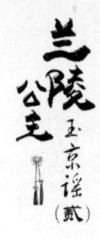

周帝宇文邕突然驾临东宫时，所有官人都战战兢兢如履薄冰，他平时很少过来，即使察看太子课业也是将太傅传过去问话，这次不知道有什么事才会亲自驾临。

其实宇文邕本人倒没什么可怕，就怕伺候得有哪点闪失，令太子觉得不如意了，那才叫可怕。

幸而宇文邕随即就带太子单独去了书房，中间只有高芷斟茶进去了一次。

宇文邕走后，太子的脸色有些沉重，说不出是喜是忧。

妩姜见他心事重重，且入夜后辗转反侧，很久都没睡着，不由得有几分诧异。

什么事能令近来睡眠已趋安稳的太子神思不宁？安魂香持续燃着，连妩姜都昏昏欲睡了，太子翻身的声音还是轻扰着她。

"殿下，您有心事吗？妩姜不才，或许不能分解，但至少能做个旁听者。"

太子略微迟疑道："反正你也帮不了忙，你愿意听就听着吧。今日父皇来跟我说，万年一带有匪徒作乱，久治不下，据报是官兵通匪，根深难治，所以父皇想让我去处理。"

"原来殿下是为了此事烦恼。"

"这是父皇给我的历练机会，但也是把双刃剑，你应该明白。"

"是的，奴婢懂了。但奴婢能为殿下做什么吗？"

"我不能带你，你要留下好好管理东宫。高芷聪明能干，但我始终不是很放心她，只怕她聪明过了头反误了自己。"

"奴婢明白。"

太子不日便整装出发，并对众宫人声明他不在的这段日子，东宫暂归妩姜统管。

高芷在人群中听闻，心中暗恨。

太子走后的一段日子，妧姜将整个东宫管理得井井有条，而且她性情谦逊，从不借势压人，很得众宫人拥护。

但中间却有个人如百虫噬心，表面顺应暗里不愿服从。

高苣和妧姜一直睡同一间房，自从瑞芝走后，替代她的是个叫惜惜的小宫女，年龄比妧姜还小一岁，天真烂漫，因为级别不及高苣和妧姜，每日清晨还要负责打扫太子的寝殿。

这天惜惜感染了风寒，咳嗽得厉害，高苣却一反常态，给她端茶递水，甚至充满温情地道："明早你就晚些起来吧，反正殿下也不在东宫，我替你去洒扫。"

"还是我去吧。"妧姜在旁边插了一句。

"不，你要统管整个东宫，哪有这个闲空。偶尔一次而已，不算什么。"

惜惜充满感激地谢过了高苣。

次晨天尚未明，高苣便披着星光起身，在寝殿飞速清扫了一下，反正惜惜很勤劳，每天都打扫得一尘不染，一天不认真也看不出什么。随后她悄悄潜出东宫，往苏贵嫔的云阳宫去。

高苣从来没有断了与苏贵嫔的联系，因此虽然打扰了苏贵嫔的休息，还是被召进去觐见。

苏贵嫔隔着纱帐听她说妧姜身为伴读，一直在为太子完成课业，撰写策论，感到十分惊诧："难道太子竟然连篇策论也不会写，还需要一个奴婢替他完成？"

高苣慌忙解释道："那倒不是，殿下当然不至于连策论也不会写，但一来他事务繁忙，二来他不屑为这种小事烦扰。其实这事还是妧姜怂恿的，要不然殿下哪里会做这种事？"

苏贵嫔"唔"了一声，道："从前看妧姜这孩子能干勤劳，还是挺喜欢她的，怎么竟会做这等没分寸的事？"

"就因为她能干勤劳，在各宫的时候都想方设法让自己显得更突出优异，然后攀附主子，排除异己，独自上位。贵嫔您是没见到她对待其余奴

婢的嘴脸。"

"分析得也挺有道理，好吧，我会斟酌考虑的。"

"贵嫔，这可是千载良机，等太子殿下宫外事务处理完毕，您就不方便干涉此事了，毕竟妩姜是东宫的奴婢，太子又宠爱她，即使当着您的面责罚她几句，背后也不会重惩的。可她这样做分明是破坏宫中规矩，唆使太子殿下犯错，会带坏了殿下。"

苏贵嫔静默了一下，突然嗤地一笑："你真的挺恨妩姜啊！"

"奴婢只是为了太子殿下着想。"高芷有些冒冷汗，明知苏贵嫔能看穿自己，还是想要辩解一下。

"好了，你出去吧，这事儿还是应该让太傅知道，我会提点一下的。"

"诺。"

高芷怀着忐忑又有几分欣喜的心情，快步回了东宫，天边才泛了红光，晨曦光芒柔和，朝露晶莹剔透，令人觉得这真是美好的一天。

不巧的是，迎面撞上了妩姜，高芷诧异地问她："你怎么会从外头回来？"

"哦，今晨清扫的时候，灰尘垃圾多了些，便出去倾倒去了。"

妩姜并未有疑，两个人错身而过。

日薄西山时，晚风吹落了些许花瓣，妩姜正打算清扫一下，却看见一行人自东宫宫门外缓步进来，为首的是苏贵嫔和太傅，其后浩浩荡荡跟着一群人，依稀是元阳宫的宫人及少数学生。

妩姜来不及惊讶这两人为何会到了一起，便匆匆迎上前跪下请安。

但苏贵嫔和太傅理都没理她，绕过她径直往东宫正殿去，唯有落在最后的一个和妩姜曾相熟的小宫女小声说了句："起来吧。"

太傅虽然须发皆白，但看起来依然气冲斗牛，步履矫健，当先进入正殿。苏贵嫔则裙裾迤逦，徐徐缓步，仿佛只是陪同太傅来旁观而已。

"分头搜。"太傅一挥手，那些学生及苏贵嫔身后的太监宫女纷纷听从他的吩咐，井然有序地按列分散开来，一间一间地搜查着东宫。

第七章 策论风波

"苏贵嫔、太傅大人，你们这是做什么？"

苏贵嫔看着眼中微有惊急之色的妩姜，笑了笑："少安毋躁。"

"苏贵嫔，奴婢只是一介宫女，本无资格干涉您和太傅的行为，但是太子临行前吩咐奴婢照管东宫，奴婢不敢违抗。"

苏贵嫔笑着摇摇头："太子的旨令？有手令吗？"

妩姜瞪大眼，一脸惊疑地看着苏贵嫔。

"既无手令，便是口说无凭。况且就算太子在这里，面对太傅，你认为……"

妩姜深吸了口气，道："或许太子殿下在此也会顺从太傅之令，但奴婢应该得知太傅为何而来此吧？否则它日如何给殿下一个交代？"

"你已经不需要向他交代什么了。"太傅挥挥手，"太子殿下回宫之际，也就是你伏罪之时。"

"奴婢何罪之有？"妩姜莫名其妙，"太傅即便是殿下的师傅，也该有个合情合理的理由让奴婢知晓。"

苏贵嫔微笑道："妩姜，不用着急，现在不是还未盖棺论定吗，你暂且不必觉得冤枉。"

太傅疾言厉色道："苏贵嫔不必与她多言，她不是想要心服口服吗，老夫这就给她找证据。"

妩姜隐隐感觉到了有些不对，这件事情似乎不是冲着太子来的，而是针对她。

这种情形下，妩姜如果再想方设法强行阻拦，便显得此地无银三百两了。

她深吸了口气，退在一旁，左右苏贵嫔的人只会搜索，还不至于肆意破坏，在东宫乱翻、乱砸。

"这就对了，静观其变吧。"苏贵嫔笑道。

"搜到了……搜到了……"先是有学生匆匆过来，每人拿着一摞纸，大多是太子平日的习字、课业，还有少许是妩姜日常替太子誊抄整理的文稿、

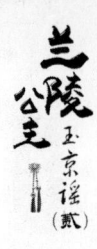

记录他口述的策论之类，看起来并无异常，妘姜不明白这些为何也能成为他们关注的事物。

她只是隐约觉得他们是趁着太子出东宫之际，想要来搜一些非常关键的东西，难道就和这些文章有关？不过此事应当还难不倒太子，最多就是自己要受责罚而已。

于是她只是镇定地看着这一切，既不阻拦也不辩解。

太傅拿过那一摞纸，一张一张地翻看，然后与太学生手中的纸再加以对比，不多时便捡选出一些来，并且边对比边连连冷笑，脸上尽是怒意。到最后似乎忍无可忍，刷地将那沓纸摔到地上，连白须都气得翘起来。

身边的太学生慌张地捡起那些纸张，整理好收起来。

太傅一挥手，喝令道："走。"

"慢着。"苏贵嫔轻轻柔柔地说了声，神情从容地看着妧姜，带着淡淡的笑容，"你既然身为暂代东宫管事，那搜出来的一切罪行是否都该由你承担？"

妧姜看了那沓纸一眼，道："倘若太傅和苏贵嫔查到什么，理当是奴婢的不是。"

苏贵嫔点点头："那你就跟我们走一趟吧。"

太傅愤愤道："说得是，这小宫女唆使太子殿下疏懒课业，找人代笔，实在是该交给贵嫔重重责罚。"

苏贵嫔却只是悠悠一笑，依然优雅地慢慢踱步。

太傅一皱眉，想要催促她既然找到了证据，那便快走，却看见有太监匆匆进殿，脸上神色惊慌："贵……贵嫔……"

"说完整了，这么大个人，话都不会说。"

苏贵嫔轻嗔薄怒地，那太监倒是渐渐镇定下来，将手中的几封书信递给苏贵嫔。

信上有火漆密封，看来并无异常。

苏贵嫔眉头一皱："这些书信是什么？你们不可乱动太子的东西。"

那太监却上前在苏贵嫔近前低低说了几句，然后将书信递交到她手中。

苏贵嫔面色一变，接过信仔细察看，反复翻了几下，犹豫片刻才交给太傅，却并不拆开。

太傅一脸惊疑地看着她，又看了看书信，脸色渐渐地变了，跟苏贵嫔一样

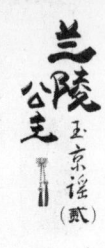

反复翻看信封，却不拆开。半响才道："这不是事实，这……"

苏贵嫔肃然道："太傅，这样的书信，依我看不能由我俩私下处理了，而应交给大理寺审查。"

太傅迟疑道："这样不好吧……"

"只是书信而已，希望我们是虚惊一场。"

太傅摇头，伸手便打算拆开看。

苏贵嫔却道："太傅，您是太子之师，我是太子庶母，以我们的身份，都不宜私下里拆看这几封书信，以避嫌疑。"

太傅叹了口气："好吧。"

妩姜疑惑不解，不明白这几封书信为何看起来如此重要。难道他们前来搜查书稿之类，就是为了翻查这几封信件？

苏贵嫔和太傅的人陆续走到门外，等候他俩人出殿。

"走吧，太傅。"

太傅点了点头，指着妩姜："带上这孩子。"犹豫了一下又道："将她也关押进大理寺。"跟着长长地叹了口气。

妩姜的心登时凉了下去。

关押大理寺。

太傅原本是打算将她交给苏贵嫔处置的，那是因为苏贵嫔辅助皇后治理后宫，寻常宫人犯错当然得交由后宫处理。可是现在要将她关押大理寺，那就是书信的事也可能会牵扯到她。

妩姜不由自主地将目光投向苏贵嫔，而苏贵嫔只是略带遗憾地看着她："妩姜，其实我一直很喜欢你，但愿这次的事件只是个误会，和你无关。"

"这次的事情，是指什么事？"

苏贵嫔郑重道："朝政之事，我哪怕身为贵嫔，也不过是个后宫妇人，自然不能插手干预。"

妩姜暗吸了一口凉气，朝政之事，果然那几封书信并不简单。

苏贵嫔嫣然一笑，当先踏出殿门。太傅犹豫片刻，随后出殿，从他的眼神看，其实他也有很深的疑惑和不解。

太傅听苏贵嫔传的讯息是东宫有宫女密报，太子日常课业由伴读代写，老学究一生刚正，眼里揉不得沙子，哪容得自己的学生有这种舞弊行为，哪怕对方是太子也不行。于是他怒气冲冲带了几名贵族学生跟着苏贵嫔进入东宫搜查，可最后的结果却是搜出了几封火漆密封的信——信封上是以番邦文字写着"大周太子殿下亲启"，这些字或许苏贵嫔不认识，但至少她知道是蛮夷文字，而太傅博学广闻，切切实实地认识这几个字。

太子竟然外通蛮夷——如今天下格局混乱，多国鼎立，表面上各方势力相当的国与国之间永敦邻好，但其实上南以北为"索虏"，北以南为"岛夷"，大周更以占据中原最好的疆域而自诩高贵，轻贱夷狄，太子身为一国储君，如果在周帝不知情的情形下与别国私通书信，那可是叛国大罪。

太傅越想越觉得不堪设想，不由得白眉愁锁，心事重重。

与之相反，苏贵嫔只冷眼旁观，甚至偶尔露出一丝了然的笑意，仿佛事不关己。

妩姜被人押着行在最后，无法看到两个人的神情，只能暗中焦急地揣摩着事情的变化，迅速地想着对策。

妩姜直接被几名学生前后押着离了宫，然后在一辆密封的囚车里送往大理寺。

太傅虽然困惑不解，不相信自己的学生暗通别国，可他更是个不会徇私的人，因此苏贵嫔半点儿也不担心他会在半路上放走妩姜，调换书信。

大理寺的天牢里，妩姜得到了很特殊的待遇，被关押在一间独立的小牢房里。

阴暗潮湿之处不亚于诏狱，唯一的好处就是白天的时候能从高处的一扇小气窗里透出几线阳光来。当然，即使犯人能爬上那窄小的气窗，也无法缩小身体，从本就窄小、还另行加固了铁栅的气窗逃出去。

妩姜的待遇其实比当时的摩煊更差，至少她每日送给摩煊的都是新鲜

饭食,哪怕没有荤腥。可是她所能享受的只是霉饭馊菜潲水,令人闻一下便要作呕。

妩姜虽然在掖庭吃过苦受过累,可这种待遇却是没受过的,因此起初的一两天,她见到那令人恶心的饭菜,闻了一下便端得远远的。但三天之后,她就意识到自己除了妥协别无他法,何况辘辘饥肠也不听她的理智使唤,不由自主地便接过了那些饭菜吃了下去。

她告诫自己不能娇气,必须忍受,她得先好好活着,才有机会等到太子回来,或者是宇文赞和柳述来救她。她可不想因为几篇策论莫名其妙地冤死狱中。

她又想起太傅说的什么代写课业,这个问题她思索很久才隐约想到一个可能——难道因为她和太子字迹相近,便认为太子的课业都由她代写?

她身为伴读,为太子整理誊抄一些文稿本属份内事,如果其中有误会,那只能说他们字迹太相似了。可是这样的误会,太傅只需要稍一盘查便会清楚,不至于如此生气。莫非有人利用这点来做文章,挑唆太傅先入为主地相信了这事?

这件事纯属冤枉,她可不想因为这莫须有的罪名莫名其妙地冤死狱中。

何况她心里一直存着最大的疑点,并不是太傅为何会和苏贵嫔一起搜东宫,而是东宫搜出的那几封书信,究竟是朝政有什么关系?

当时妩姜相距较远,甚至连信封上的番邦文字也没看清,但依稀总扫了一眼,而通过太傅和苏贵嫔的态度判断,她也大致不差地想到所谓朝政,一定是指太子书信通敌,或者结党营私。前者她并不清楚,后者她觉得其实是很有可能的,太子争储压力之大,从睡梦中可见一斑,当时为了赢得宇文赞和另一名尚未成年的皇子宇文赟,他很有可能朋党营私,结交朝中官员。

如果太子因此被贬,她很有可能受到株连,甚至被关在大理寺无人问津,直到老死都有可能。

且不说妩姜在天牢里苦思冥想,高芷此刻也在东宫坐立不安。太傅和苏贵嫔搜宫时,她就站在殿门口朝里悄悄张望过,每个人都在忙碌,谁也不会留意这个东宫宫女其实是在窥探里面的情况。

当苏贵嫔的人搜出那几封书信的时候,她伸长了脖子依稀看见了信封上的字——她同样识出了那是番邦文字。聪慧如她,怎么可能猜不到发生了什么事。

可是这一切实在太超出她的预料,她只是想构陷妩姜而已,指证妩姜身为伴读,唆使太子惰于课业,找人代笔。

这事受重责的一定是妩姜,而太子最多只会挨太傅一顿训而已,这事甚至捅不到周帝那里去。

可如今那几封书信完全不在她的计划之内,这件事已经牵连到太子,将会对太子不利,这可不是她想要的。

高芷哆嗦着蜷在屋角想对策,却不防此刻有人不疾不徐地轻轻敲起了门。

声音低弱,甚至没有惊醒同屋睡着的惜惜,但中间夹杂着低低的呼唤:"高芷,我知道你睡不着,出来。"

身在万年的太子将将处理好官匪勾结的事,以钦差身份处置了盘踞万年作恶的匪徒以及鱼肉乡里勾结匪首的地方官吏,却又听闻有暴民作乱。

太子还未及想好主张,宫中便有人传周帝御旨,勒令他即刻回宫。莫名其妙的太子被召回宫中,左思右想也没觉得此次行动有何失误,除了没处置好暴民事件。

回到宫中,太子惊闻妘姜被抓走,起因竟然是苏贵嫔和太傅联手来东宫搜走了几封书信以及他平日的课业。

太子定了定神,开始捋事情的经过,太傅平素不能进皇宫,必然是受了苏贵嫔的邀约;而苏贵嫔邀太傅,自然是因为他是太子之师,要他来约束太子自然是因为他是太子之师,要他来约束太子。那么问题来了,第一,太傅将他日常习字和策论初稿搜走做什么?甚至还有妘姜记录整理的那些文稿,那根本就是废纸一堆嘛。第二,那几封书信是什么东西?导致太傅将妘姜押往了大理寺?难道事涉朝政,才需要官办处理?这二者都说明了一件事,东宫有内鬼。

没等太子把这中间的乱麻理顺,大理寺方面便有消息暗中传来,告知太子那几封火漆封缄的书信内容是与私通番邦有关的。当然,另一个诬告妘姜替他代笔课业的事与此相比就不值一提了。

太傅之所以将妘姜带走,理由是他根本不相信太子会里通敌国,毕竟他的学生可是一国储君,把自己的国家卖给敌人,这不是正常人做的事。而妘姜恰巧在这段时间代管东宫,也就是她栽赃嫁祸的可能性更大——至少也得是她管理不力。加上妘姜怂恿太子疏懒课业,简直是罪加一等,充分证明了这小宫女品行不良。

太子很清楚,妘姜是代自己受过,可最令他烦忧的那几封书信究竟是什么来历却查不到,想要替她辩解也得弄清楚究里才是,这令他烦恼不已。

就在此时,高芷诚惶诚恐地来到太子跟前请罪,进门便是扑通跪下,自称有罪。

"滚滚滚，别来凑热闹。"太子正心烦，哪里有心情理会她，"有什么罪，过几天再领，现在没空处置你。"

"奴婢知道殿下是在为妩姜和前几日苏贵嫔太傅搜官的事烦恼，可是殿下，奴婢此来，正是为了这件事。"

"你？"太子陡然回过神来，"难道是你？"他心中的疑问急需得到宣泄，脸色在瞬间便阴沉下去，眼神甚至有几分狞厉的意味，看得高芷心头发凉，手在袖底不停地哆嗦。

"殿下，殿下您听奴婢说……在您回来前两晚，苏贵嫔半夜召奴婢过去，让奴婢在大理寺公审妩姜时，指认那几封通敌书信是太子所书，奴婢才知道……知道这是怎么回事……"

太子陡然睁圆眼："是苏贵嫔做的？"

"是……是的，但是奴婢不清楚那几封莫须有的书信是哪里来的，猜想应该是苏贵嫔的人携带在身，然后假装在东宫搜到的。起初奴婢也不明就里，后来想通了，她应该是企图废了您，为小皇子争取一席之机。虽说小皇子尚且年幼，但只要废了您，假以时日，她可以利用大冢宰在朝中的权势，培植小皇子的支持者，以达到再掌天下的目的。"

太子沉默下去。宇文护身为大周权臣，名为大冢宰，实际在长达十多年的掌权岁月里，他权倾朝野，是大周真正的主宰者。在他辅国的时候，亲立四名皇帝，却在三年内连杀宇文觉、拓跋廓、宇文毓三帝，直到立了第四名皇帝，就是今上宇文邕。

然而即便是宇文护看中的人，他也从不曾放心过，还要在宇文邕身边安插下苏贵嫔这枚棋子。虽说他自己是宇文氏族的皇亲，但近年来，宇文邕日渐精干，性情非慵懦受制之人，他很担心日后宇文邕会不在他的掌控之中，因此在立储之事上想插上一手，不无可能。

太子是宇文邕所立，期望将来能继承自己的天下，可是宇文护希望的却是自己能长久统治，令皇帝皆成傀儡，成年的太子显然不如幼童容易掌控。

苏贵嫔居然有恃无恐嫁祸太子，这证明宇文护的指掌已经伸向他，这才是

令太子寝食难安的幕后真相。

"怎么办？"太子下意识地看向高芷。

高芷反倒比之前镇定了些，虽然脸色依然灰败，语气却坚定得多："奴婢永远站在殿下这一边，奴婢假意答允了苏贵嫔，到时候必定反口。奴婢想过，若是之前坚拒，苏贵嫔会另找他人指证殿下，与其是不可靠的人，不如由奴婢虚与委蛇，与她周旋。"

"那你可想过临时反口的后果？"

"奴婢相信太子殿下会保护奴婢的。"

太子看了她许久，然后微笑着点头，赞许道："你说得没错，你对我的忠心，我会永远记得，当然要保住你的安全。"

高芷得到了太子的承诺，满心欢喜地走出太子寝殿，压根儿没看到她离去后太子的笑容消失无踪，冷漠地自语了一句："我自保尚且未必能够，到了关键时刻，哪还有余力来保护你？"嘴角泛起一丝冷笑。

不过高芷的表白，至少替她自己洗清了内奸的嫌疑，太子此刻完全不疑有它。

妩姜在初次被大理寺卿提审时，神情是从容淡定的，衣服上的污垢和几日牢狱的苍白憔悴半点儿也没有折损她的气度，她看起来依然是那个乐观、纯真又开朗的少女，甚至在大理寺卿以严厉的眼神审视她时，还弯眸浅笑了一下。

"妩姜见过大人。"

大理寺卿反倒是愣了一下："你笑什么？"

妩姜从容地回应道："难道初次与人招呼，不应礼数周到？"

大理寺卿反而有些无言以对，他左顾右盼了一下，此刻是在大理寺天牢的狱卒看守房里提审，光线幽暗，靠几盏油灯照明，天牢里头各种难闻气味扑鼻而来，他为了保持审犯人的风度才勉强忍耐着坐下。

他清咳了一声："好了，这里虽非公堂，本官却是朝廷命官，你现在是犯人，唯一的礼数就是该跪下听审。"

妩姜顺从地跪下，直视大理寺卿。

第七章 策论风波

"下跪的可是东宫宫女妩姜?"

"是。"

"你可知自己被指控的罪名?"

"妩姜愚钝,愿听大人指教。"

大理寺卿似乎对指教这个词有点儿不满,皱一下眉,他不愿跟一个小姑娘多费唇舌,继续道:"你现在被指控的罪名有两项,第一项是趁东宫空虚,以通番书信嫁祸太子殿下,或者——"他顿了一下,紧盯妩姜,"或者那并非嫁祸,而是确有其事?"

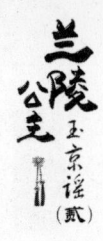

四

妘姜沉默了一会,答道:"看来这项罪名我只有两个选择,一是指证太子殿下,二是自承嫁祸之罪。这两相对比之下,似乎挺容易选择的。"

大理寺卿又一愣:"不对,本官可没有误导你的意思,而是要你从实招来。倘若你因为洗清自己而指证太子殿下,那不还是嫁祸?"他发现自己被这小丫头绕进去了。

"但是这样招供显然对我最有利。"

大理寺卿有些恼火地又咳了一声,道:"本官直属陛下,受理一切皇族及达官刑案,怎可偏听一面之词?倘若你要指证太子殿下,必须有不可推翻的实证。"

"那么我只能说一句无可交代,因为对于我所不知道的一切,如何能随意指证?当然我也不可能去背上通敌这莫须有的罪名。而大人若要因此对我量刑,也必须拿出不可推翻的实证来,仅凭几封书信,可定不了我的罪行。难道说大人审案量刑,会因犯人是皇族或平民而有异吗?"

大理寺卿没想到这小宫女辩才出众,竟然令他一时无言以对。

妘姜继续侃侃而谈道:"单凭搜来的几封书信,定不了任何人的罪,无论是太子的还是我的。虽然我在殿下离宫期间代掌东宫,大人可以定我治管不力之罪,但大人必须承认,几封书信可以是任何企图嫁祸之人恶意放到太子书房中的。"

"你错了,那几封书信可不是自太子书房内搜到的,那里也太不设防了。"

"嗯?"妘姜闻言一愣。

"是在一间长年上锁的库房中搜到的,那里摆放了一些珍品古玩和上佳的武器,而房门锁匙只有殿下和你才有。听闻那里平时七日才洒扫一次,每次都必须由你亲自开锁,然后监管人打扫完毕再落锁。这就是你会被带来的缘由。"

妘姜深吸了口气:"也就是说,可疑的除了殿下,只有我了。"

大理寺卿点点头："至少目前看来是如此。"

妘姜沉默了一会，坦言道："我依然会回答我一无所知，甚至在我见到殿下之前，不会随意说任何关于这几封书信的揣测。"

"好，那让我们来说你的第二项罪名。这项罪名拿到大理寺来审其实非常不妥，但是既然你已被提交至此，本官就顺便替太傅问一句，到底你是否曾怂恿太子懈怠课业，让伴读为他代写策论？"

妘姜正要回答，却听守门狱卒匆匆进来向大理寺卿禀报，说太傅驾临。

很快太傅便沿着台阶下到天牢，与大理寺卿互施一礼，然后道："大人继续审案，我只是来旁听。"

"太傅请坐。"大理寺卿将座位让给太傅，然后道，"我已审到伴读代写策论一事，不过这件事其实不是我职责范畴，太傅您可有意亲自审问？"

太傅点点头，看着妘姜："原本老夫只是想去查证此事，这几篇策论虽然字迹与太子近似，但若事先知晓再极力辨别，便能看出差距。"

妘姜看着太傅甩出的那些散落的纸张，点头承认："没错，这是我写的。"

太傅一愣，他只听说妘姜怂恿太子找伴读代写课业，而苏贵嫔也不清楚妘姜女扮男装做伴读的事，此刻听妘姜这样说，不由得仔细盯着她打量，越看越眼熟，不由得惊怒交加道："原来伴读也是你！"

太傅原本上了年纪，老眼昏花，妘姜年纪又小，他一直当女扮男装的伴读是变声期的少年，根本没有留意察看是男是女。发觉了这一点，他更怒不可遏："果然一切都是你在作祟，在你出现之前，太子殿下勤于政务，精于课业，从来不曾荒疏，若不是你在背后唆使，储君怎会做出舞弊之事？"

妘姜反驳道："为何太傅大人看一眼这些策论，就断定是我替殿下写的课业？没错，这字迹是我写的，却只是日常为太子口述整理及誊抄的文稿而已，难道这也是错？"

太傅瞪大眼，不可思议地望着妘姜。

"人往往被先入为主的观念所左右，因有人向太傅密告，太傅便认定这是

代写的策论，可事实上这只不过是一些整理的初稿，太傅可得看分明了，这上面尚有圈点、修改之处，都是太子在审阅初稿时自行修改的。"

"狡言强辩，你若非刻意代写，怎会将字迹练得与太子近似？"

"那只是因我平时书法欠缺，太子常加以指点引导，才不自觉以太子书法为摹本。难道说对太子的书法心生仰慕也有错？"

"你……你……"太傅一时找不到话来反驳，居然觉得她说得也很合情理，不由心生疑惑，难道这事真是出于构陷？

妩姜又侃侃道："这位大理寺卿长官刚才说了，指证一个人，得有不可推翻的实证，如果因为我是个低贱的官女而觉得我的话不足以为证的话，那么你们起码也要等到太子殿下归来，听一听他的说辞再举证。虽然我见识不多，但是我认为一群人在主人不在的时候进了空屋，以搜出来的一些东西去指证这间屋的主人是很不合理的，毕竟那些容易携带的东西谁都可以放进去，包括那些打着任何理由为旗号的搜查者。"

太傅先是被她一连串的话反击得一愣一愣的，然而听到最后一句，他又气得胡子翘起来："什么，你这区区小宫女，竟然敢怀疑老夫带去的太学生的人品？"

"太傅大人，且不说妩姜是否特指您带去的太学生人品有疑，妩姜单只问一句，您是否完全相信自己的学生？"

"那当然！"

"太子殿下也是您的学生，而您在受他人挑唆后，对他的人品起了疑心，还未听到他的解释，已先行上门搜查。"

太傅再一次见识到了什么叫狡言强辩，而他竟然无法驳斥，不由得瞠目结舌。

"好了，带她下去。"大理寺卿见太傅的胡子一直翘着，赶紧打发人提那小宫女返回天牢。毕竟大理寺审理的都不是寻常人等，随意用刑逼供不是他的习惯。在太子出现之前，即便有十万种刑具可以令这小宫女低头，逼出来的很有可能是指证太子的供词，对他不会有什么好处。

"太傅以为如何？"妩姜离去后，大理寺卿才发问。

太傅从尴尬中回过神来，思索了片刻道："那小宫女说的未必不是真的，手稿有可能是临摹，书信也有可能是搜查的人带进去的，虽然老夫觉得这小丫头很是狡狯，但她说的可能性都是存在的，每样我们都要考虑到。"

"那小宫女言辞锋利，太傅不要轻易被她动摇。"

"不，老夫是觉得，应该相信自己学生的人品。"

面对太傅平息下去的胡子，大理寺卿反倒觉得无言以对了。看来妘姜不只是逞口舌之能而已，她确实已经说动了太傅的心。

第八章 请君入瓮

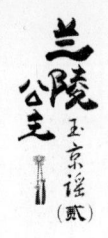

妩姜在天牢里无所事事时，拿着一根筷子在地上不断地画，然后反复思索。当天牢走道传来细碎的脚步声时，她以为提审自己的人又来了，于是抬头看过去。

"太子殿下？"妩姜有几分惊讶又有几分喜悦。

太子原本的神色很是沉重，待见了妩姜，似乎好转了些，露出一丝笑容："你还好吗？"

"奴婢安好，殿下可还好？"

太子"嗯"了一声，然后向她询问当日的情形，妩姜如实作答，又告诉他自己被提审的经过。太子听闻她将了太傅几军，不禁略感讶异，想到太傅气得吹胡子瞪眼的表情，忍不住想笑。

"太子殿下，策论之事奴婢已向太傅解释清楚，料来他对您的人品还是有所了解，不至再轻信人言；至于书信，奴婢相信您必然是被冤枉的。"

"你凭什么相信？"

妩姜正色道："殿下身为储君，怎会行通敌之事？况且奴婢深知殿下为人，自是信而不疑。"

太子没想到居然能得到一个宫女的如此信任，不由得一怔。其实他深知自己的性情，对待宫人着实算不上亲切和善，时不时发作的暴戾习性令许多宫人见着他时都战栗自危。他看着妩姜水润清透的眼神，心中原本坚定的念头又动摇起来，来之前打定主意想要做的事居然难以启齿。

太子不开口，妩姜也不知他心思，不敢随意妄言，两个人之间的气氛顿时僵硬起来。

好半晌太子才打破沉寂："这次来我是希望你……我想……"

看着妩姜偏着小脑袋等着他开口吩咐的神情，太子居然再次无法出口，他想了半天的措辞就这么被吞下去，终于他开口道："我知道你是被人故意嫁祸，已有人向我通风报讯了。只是这嫁祸之人我却得罪不起，无法找人来指证她。目前我只能竭力找证据来证明自己的清白，然而那几封书信里言之凿凿，说的都是我在立储前处理的几件外交事件，利用那些机会与外邦勾结，以做出政绩，取得朝中支持。那些事情……说得天衣无缝。"

太子神情有些黯然。这种时候，除非有人站出来承认书信是伪造嫁祸的，可这人不可能是苏贵嫔，高芷没那个胆量指证。而宇文邕也不会撕破脸和宇文护对着干，毕竟他目前还没找到可以对付宇文护的机会。

太子很希望妧姜替他承担罪名，这时候他已经顾不得《四夷书》了，毕竟要先保住储君之位，倘若太子之位被废，将来纵有《四夷书》在手怕也不能翻盘。但妧姜只要承担了罪名，他从中斡旋，总能留她一条命便是。

妧姜不知道太子打的主意，她突然灵光一闪，拿筷子在太子面前画了几笔，道："太子殿下可识得这火漆封印？"

太子不明就里，就着昏暗的光线看她的筷尖走形，画了几遍大致明白："这火漆封印……不就是突厥的封缄图形？"

"没错。"

大周时突厥强盛，宇文邕为与之交好，不惜采取联姻，娶了突厥公主阿史那氏。自从攻打北齐时突厥背信弃义，大周和突厥的关系发生了微妙的变化，很长一段时间内宇文邕不再与之示好，甚至生出了除之而后快的念头，只惜于兵力不足以取胜。这火漆图样，正是突厥向来使用的钤印。

"殿下没见过那几封信吧？"

"自然。"太子虽然疏通了关系，但大理寺毕竟制度森严，他能探听到书信内容已属不易，哪还有机会亲眼一见。

"奴婢见过。奴婢曾在织染局从事制染料，对颜料极为熟悉。突厥火漆是以红蓝花汁混入松脂、石蜡、焦油等制成，其中还加了一些牛髓等物所制秘方，使其颜色更为鲜亮，久不褪色。而我大周的颜料做不到这一点，因此那火漆看来颜色偏暗，是火漆内油脂风干后的正常颜色。这一点，对于不熟悉颜料的人而言，并不能察觉。"

太子眼前一亮："你的意思是，那火漆是大周的颜料所制？"

"对。"

"妩姜,你真是心细如发。"

太子获知这一讯息后欣然离去。

妩姜抛下了筷子,想着太子方才的话,沉思起来。太子知道被人嫁祸,却"得罪不起",论朝野上下,令太子都得罪不起的还能有谁?答案呼之欲出。

饭点时间,有狱卒送来饭食,依然是板着一张脸,将托盘往栅栏下一塞便要走。

"小哥哥,请问今日饭食怎会如此新鲜?"

"难道新鲜还不好?你不爱吃,便去换些霉馊的来。若不是太子暗中吩咐不要亏待了你,才懒得为你费心。"年轻的狱卒看着她冷笑。

妩姜看着狱卒的背影,慢慢拖过托盘,一样样检视着里面的米饭蔬菜,甚至还有几块肉、一个煎蛋。她沉思片刻,用手指捻了些米饭洒落在地,然后蹲下往墙角的老鼠洞看去。

饭粒晶莹洁白,散发着稻米清香,很快诱得洞内老鼠探头探脑。与诏狱一样,这里的老鼠是不怕人的,它们大着胆子钻出来,纷纷围攻那些米饭,瞬间扫空。

夕阳的余晖渐渐消失,妩姜发现那些素日乱窜的老鼠已有几只不见,洞外仅存的两只抽搐着,很快四脚朝天。

果然中毒而亡。

妩姜看着那些饭菜,阵阵发冷,将剩余的饭食悄悄倒在冰冷的床板底下。

打那之后,她再也没敢吃一口饭菜,一直到提审之日,她饿得头晕眼花,需要狱卒推搡着才能缓步前行。

大理寺公堂之上,大理寺卿端坐堂中,其后另设隔帘,宇文邕在后听审。而太子站在堂下,因其身份特殊,被特赦不必跪下。

妩姜跪在他身边,微微抬眼看着大理寺卿。

果不其然,她被指控两项罪名。

先提审的是太子。他从容闲适地看着大理寺卿,有条不紊地回答着问题。

第八章 请君入瓮

"殿下可知搜出的那几封通番书信出于何人之手？"

"这事我也想知道。"

大理寺卿抛出那几封已启封的书信，太子捡起一一察看，然后面露微笑："果然写得有条有理，这番邦之人写起我中原文字来也不含糊，生怕本太子看不懂番邦文字吧？"

大理寺卿一怔："但书信封面可是番文，至于书信内容，想必是由识得汉文之人代笔。"

"既然信内不是番文，因何断定必是突厥书信？"

"火漆封缄及书信内容，便足以为证。"

"别说其内不是突厥文字，便真是番文，也可以作假。写信之人故弄玄虚，想得未免多了些，本太子虽然识得的突厥文字不多，还是能看懂一些，况且真要是突厥书信，何必非要化为汉文，难道本太子身边连识得番文的人也没有？这是疑点之一。"太子毫不慌乱，继续道，"其二则是钤印，突厥钤印，红亮鲜明，久不褪色，而这火漆，看似鲜红，实则比突厥火漆显得黯淡陈旧，是我大周的赤色颜料所制。不信，找封有钤印的书信对比便知。"

大理寺卿讶异不已，随后差人找来了突厥钤印，放在一处，颜色立见分别。

"果然如此……"

　　太子看着妩姜微笑。其实突厥火漆，从前他相助宇文邕处理政务时，在一些旧书信上见过，但他从未发现这不起眼的区别，没想到妩姜长年随侍，整理书房时见过，便一眼记下了。

　　"……果然是伪造书信。"大理寺卿看着妩姜，"此宫女在殿下离宫之时代掌东宫，看来这伪造嫁祸之责，要着落在她身上了。"

　　"不可能是她嫁祸的。"太子淡淡道。

　　"为何？"

　　"这火漆封缄的异常，便是本太子探监之时妩姜指出，哪有人嫁祸之后又助人洗脱罪名的？"

　　"哦？"大理寺卿惊讶非常，忍不住多看了妩姜几眼，没想到这小宫女除了牙尖嘴利，还心思缜密，能发现如此不起眼的异常。

　　"那第二项指控呢？宫女妩姜挑唆东宫疏懒课业，代作策论，是否也有假？"

　　太子尚未作答，妩姜却道："妩姜早对太傅明言，那是日常由太子口述而我代为记录整理的初稿，而最终由太子再修改重录后才递交的课业。难道当日审理的时候，竟然无人想到拿太子呈交给太傅的策论来对比？"

　　大理寺卿咦了一声，太子却命伺候在外的高芷进来递上几份策论手稿。这是太子平日定稿后交由太傅的策论课业，当然是他本人手迹。

　　"这才是本太子的原稿，为区区几篇策论指证本太子找伴读代写课业，冤枉本太子事小，却不是在取笑太傅老眼昏花、连自己学生的字迹都认不出吗？妩姜，写几个字让他们瞧瞧，你的书法笔力明显与本太子有所差距，太傅哪能不识？"

　　妩姜依言当堂提笔写字，字迹仔细辨认之下，与太子的轻重力度、笔锋，终究还是有差距的。

　　大理寺卿无言以对，心中暗想幸好太傅不在当堂，否则定然又气得胡子上翘。承认了临摹策论，就是承认自己老眼昏花，左右都是自己打脸。

一席审案完结，大理寺卿宣判太子及妘姜无罪，并誓言继续追查嫁祸太子的真凶。

此刻宇文邕才自帘后出来，扫了太子一眼，威仪毕现。太子不由得腿一颤，跪了下去。

"大错虽无，小错难免，你以为这两项指控不成立，你便清白无辜？擅自令宫女女扮男装代为伴读，真是荒唐！有辱斯文！"

"儿臣错了。"太子半句也不敢辩驳。

"以后再不许有这等事发生。"

"诺。"太子悄悄目送宇文邕离去，才松了口气。

大理寺卿满面笑容地上前搀扶太子，道了许多致歉之词，太子却瞪了他一眼，狠狠一摔袖，冷冷道："这会儿倒来谄媚，早干吗去了？"

大理寺卿满脸尴尬，太子唤了妘姜，径自扬长离去。

回到宫中，妘姜与太子谈论书信来由，太子认为必是苏贵嫔带领人搜查时偷偷塞进去的，而妘姜认为未必，这书信显然早有防备，很难说是什么时候塞进去的。当时有太傅带领的学生在旁协助搜查，倘若做手脚时被学生发现，也太不干净利落，很有可能这是早就设下的圈套。

"即便不是，奴婢代写策论一事，也是有人通报苏贵嫔，这通报之人，很有可能是她安插在东宫的眼线。"

太子略一思忖，深以为然。

"当务之急，必须揪出内奸。"

"这任务就交给你了。"

反正妘姜不能再做伴读，黄贺霖腹泻的毛病早好了，太子索性留她在东宫驻守，每日暗中察看各人的言行举止。但是他却漏掉了一个人——高芷，她每日还要陪着太子去太学读书，在门外伺候，妘姜观察不到她。

暗中观察过程中，妘姜发现惜惜因年纪幼小，性情软弱，常被另两名叫如意和祥云的宫女欺负，被指使不说，动辄还被打骂。这两名宫女之所以如此

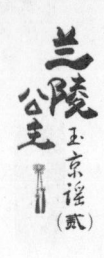

嚣张，是因为她俩自小就伺候太子，资历较长，而且多少沾染了太子暴戾的习性，对于品阶较低的小宫女、小太监被指使和欺凌是常事。不过这两个人也很懂得见风使舵，知道妩姜和高芷是太子新宠，在她们面前便显得规矩乖巧。

惜惜对她们既害怕又厌恶，表面不敢反抗，暗里常躲躲闪闪，做一些不为人知的事。例如抓一些蝎子蛤蟆什么的偷放进她们的被褥，又例如制造一些小误会，让如意和祥云之间产生误解，争吵翻脸，如今她俩正处于矛盾期间，对惜惜的注意力减退很多。

惜惜和小太监临福交情最好，有些事就是他帮忙做的。

另外还有东宫太监总管延寿，年纪较长，生性沉稳，太子对他颇多提防，因为他是宇文邕派遣在东宫的耳目，如果太子有不检点的行为或者出了差池，总是第一时间被宇文邕得知。因此太子对他又惧又恨，很多方面不肯放权给他。

但延寿本人并没有什么大的问题，即便太子不在，妩姜代掌东宫期间，也没见他表现出任何不满。

年轻太监中，长海、长禄、长庆三人直属延寿管制，平时在院内轮值，如无吩咐不进内殿。可能因为延寿的关系，太子并不喜欢太监们近身伺候。

妩姜了解到长海等三人只是表面和谐，暗地里为了争得延寿的信任，长海、长禄素有矛盾，长庆和他俩背道而驰，总想接近太子以讨欢心，甚至有时会偷偷将延寿密报宇文邕的事告诉太子。此人两面三刀，谁都不想得罪，太子看穿这一点，利用他却不信任他。

其余从事洒扫和粗使活的太监、宫女，妩姜只稍微了解一下便知道他们无从使什么手段，他们压根儿没有机会接近太子，更不可能进出那间库房。只有长海等三名太监轮值打扫库房，而且是在妩姜监管下。

毕竟库房面积大，里面层层书架和置物格，以及墙上的乐具、墙边的兵器架，如果说在某个视线死角，谁想做一点儿手脚，不无可能。

东宫事发之后，库房门一直关闭，太子无心理会，那里已经积了许久的灰，也该从事洒扫了。妩姜便聚齐了三名太监，打开库房门，让他们一同打扫。

妩姜性情和顺，年纪又小，三名太监平时不怎么怕她，长禄便嘀咕："自打上次洒扫以来，应是轮到长海，怎么这次把我们三人都唤来。"

长海哼了一声："从前七天洒扫一次，这回可有十余日不曾打扫，又兼上回被他们搜查了，许多器具都放置凌乱，事后只匆匆将门上锁，可不得好好整理？"

长庆道："好好打扫，三人干活不也快点儿吗，别让妩姜为难。"然后朝妩姜讨好地一笑，圆滑的本性展露无疑。

妩姜也朝他笑了一下，不接他们的话茬。

见他们整理的整理，打水的打水，抹架子的抹架子，干起活来还算麻利，妩姜便只冷眼旁观。过了片刻，她淡淡地道："听闻上次的书信，是从一只古董青釉花樽的腹中搜出来的，藏得可真仔细。"

"不是的！"长庆忙碌中回头插嘴，"我当时虽未亲眼见，但听云阳宫一名相熟的太监说是从一只越窑罐中搜出来的！"

妩姜一脸惊诧："为什么我听说的是花樽？这可是大理寺卿亲口说的！"

长庆很肯定地道："越窑罐！寺卿大人知道啥呀，他当时又没来这里，以讹传讹，到他耳朵里不知成啥样了。"

妩姜"哦"一声，拖了个长长的腔。眼见长海和长禄没反应，她索性又问："长海哥，长禄哥，你们听说了这些吗？"

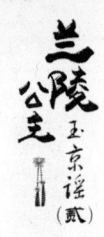

　　长海听她点名，不好不答，停了手里的抹布想了想："我倒是没留心听是从哪个瓶子里搜出来的，但是我想啊，你瞧这越窑罐吧，口大腹大，查起来也是容易些，很方便就看见里面了。那青釉花樽吧——"他扫了一眼，"共有三个呢，有方形的、圆形的，还有只中间莲瓣儿两头小，我瞅着都不容易藏书信，就算真藏了，凭啥就能被发现啊？"

　　他说着还上前去拿了一件捧在手上，朝里头看着："这花樽嘛都是高瘦型的，藏点儿东西进去的话根本瞧不见，如果真要藏书信……"他犹豫了一下，比划着，"说不定还真塞得进去，可怎么拿出来啊，这口忒小，我手都伸不进去。"

　　长禄也来了劲，拿起一件扁口方腹的樽，小心翼翼地伸手进去探了探："这个行，这个口大，我勉强能伸进去。"

　　长庆笑道："可那得多吃力啊，伸进去后，真有东西拿在手上了，手还拔得出来吗？"

　　长禄将手掌张开些，果然拔不出来了，"啧啧"两声又收拢手掌，谁知还是卡住了，他不由得急起来："哎哟哟，我出不来了。"

　　长海幸灾乐祸地看着他："叫你无聊，你可得小心着点儿，这樽比你的爪子贵多了。"

　　妩姜见长禄狼狈，上前去帮他捧好了方樽，指点他小心翼翼将手掌缩到最小，左手也去帮忙往外拔，才一点点将手腕拔出来，手背上一片通红，差点儿没蹭掉皮。

　　长禄连声道谢，剩下的一件圆腹樽器型也不大，他无论如何不敢多事去试了。

　　妩姜倒是拿过那件看了看，手往里探了一下。她年纪小，小姑娘手又比太监要小，居然很容易便伸进去了。

　　长庆笑道："妩姜啊，你别试了，就是罐，口大腹大，揭开盖便瞧见里面了，才容易被发现。"

妩姜却神色凝重起来，用一种十分古怪的神情看着长庆。

"怎么了？也是拔不出来了？我来帮忙。"

"不必了。"妩姜断然拒绝，却没急着将手拔出来，而是沉思了片刻道，"咱们都知道太子是让人冤枉的，可这嫁祸之人也是够蠢，越窑罐多大呀，殿下真要藏什么重要信件，也不能藏在那一眼被人瞧见的罐里头，我倒是更相信会在这花樽里。"

长禄倒是呆了一下："可是嫁祸的人要把东西塞进这樽里，苏贵嫔的人怎么能发现呢？"他举起刚才卡住他的樽，"就算提灯照也不见得能瞧见里面是否有东西啊，别忘了这是口小腹大，里头藏东西根本看不见，而书信是可以卷起来放在里面的，根本倒不出。"

妩姜点点头："所以呢，是将书信放进去嫁祸太子的人去向苏贵嫔告密的。这人知道自己放的东西，然后带人来搜，自然一搜便有。至于越窑罐——我根本不相信书信会藏在这里，这固然容易被搜查的人发现，但更容易被其他人发现啊！难道你们打扫之时，从架上搬动都不会留意到吗？"

长庆想了一会连连点头："确实如此。可会不会嫁祸之人刚刚放进去，就带人来搜了呢？"

妩姜却突然笑起来："好了，我就随口一说，这些事丢给大理寺卿去追查吧。哎哟，我的手套进去也出不来了，我去厨房抹点油。"然后手臂套在花樽上便走了。

长禄嘀咕道："看见我套进去出不来还照着干，妩姜姑娘也是犯傻。"

话最少的长海冷笑一声："我看是你傻，她明明是在里头发现了什么，神情不对。"

长庆想了想："难道里面还漏了封书信没搜干净？"

长海琢磨着："就算有，也没什么用啊。不对，那花樽口小，连妩姜都会卡在里面，会不会放书信进去的人落了什么东西在里头？"

不几日，东宫暗地里便传开了，说是妩姜姑娘在打扫库房时，从搜到书信

的圆腹花樽里发现了什么，说不定跟放书信嫁祸太子的人有关。

夜里，月黯星沉，伸手难辨五指，有一道瘦小的身影小心地凑向库房，摸索了很久才将钥匙插进锁孔，闪身进了库房。

没多会，火折子亮了起来，有人东张西望在寻找什么。

古董架子上空了一格，目光在那里停留了片刻，似乎在想着什么，却又移到了别处。随后目光停留在卡住长禄的扁口樽上，闪过惊喜的光芒。

"砰"的一声，门被推开，院内灯火通明，太子背负双手立在门口，妩姜高芷各提一盏灯立在其后，明晃晃的灯光将里面少女的脸映得一片惨白。

"祥云，你从小伺候本太子，没想到出卖起本太子来也是毫不手软啊。"太子的声音阴冷中带着嗜杀的意味，令人不寒而栗。

祥云手一抖，那件价值不菲的扁口樽从她手中滑落，跌得粉碎。她的目光移向地面，除了一地碎瓷，什么也没有。

妩姜笑了笑："不用担心，你的戒指我不小心拿走了。"她举起手中一枚光溜溜毫不起眼的银戒，上面镂着些花纹装饰。

"那不是我的……"祥云下意识地摇头。

太子阴阴道："只要你能解释清楚，你从哪里偷配到了本太子的钥匙，又为何夜半来库房？"

祥云再也说不出话，扑通跪倒在地。

东宫寝殿内，妩姜一面帮疲倦的太子更衣洗漱，一边听他问："你是怎样断定是祥云的？"

"奴婢其实根本不能断定，只是那日从长庆等三人的反应来判断，嫁祸的不会是他们。而且监守自盗太过鲜明，如果他们想要这样做，未免太冒险，太容易令人怀疑到他们三人。

奴婢便想到几个疑问，第一，能进库房的必然要有钥匙，钥匙只有殿下和奴婢有。奴婢的钥匙挂在腰间，不易拿到，殿下的钥匙放于枕下，近身伺候的宫女才能取到。殿下当时离宫已有十几日，如果是利用殿下的钥匙进出库房放

第八章 请君入瓮

进书信的话，为什么要拖延到您离宫十几日之后呢？所以奴婢想到此人肯定是担心偷盗钥匙太易被察觉，于是以泥为模印上钥匙，再偷送出宫去配，这样一来去需要时间，才会拖了那么久。

第二，罐口深广，太易被洒扫的人发现，而樽口小，男性的手根本伸不进去，像长禄那样瘦削的人勉强伸进去也被卡住不能出来。太监终究是男人，骨骼粗大，排除他们三人。于是奴婢断定此人定是宫女，而且身材瘦小，手腕很细。至于苏贵嫔的人放了假消息给长庆，是为了让我们怀疑越窑罐，干涉我们调查。"

太子点点头："所以你就偷了祥云的戒指？"

"不止她的，奴婢偷了所有身材瘦小、手腕有可能伸进樽内的宫女的戒指。"妩姜吐了一下舌头，羞赧一笑，"明日还得归还她们，不然会以为东宫出了贼。"

太子哈哈一笑："你是奉旨偷窃，不算作贼。"

"殿下打算如何处置祥云呢？"

太子沉下了脸，思忖了片刻，其实依他的心性，极想在暴室里就处置了祥云，思虑再三还是决定隐忍不发："将她交由大理寺处置，任由大理寺卿编个冠冕堂皇的理由吧，这个人，我不方便亲自处理。"

妩姜了然地点头："殿下说得是，其实审与不审，殿下心中都是明镜一片，既然动不得，不如就此罢休。但抓了祥云，也好让那人知道殿下并非糊涂之人，以此警示，至少令她短期内不敢轻举妄动。"

太子点了点头。

祥云被大理寺以"构陷太子、嫁祸同僚"为罪名，处以斩刑。

妩姜听后十分吃惊，但太子表示，即便大理寺不处死她，苏贵嫔也会动用宇文护的势力灭口，不用说，其实背后指使者依然是宇文护。妩姜隐隐觉得虽然祥云的下场凄惨，但毕竟是她咎由自取。

这事处理到子夜时分，太子疲累加情绪不佳，一宿没睡好，次日无论如何起不来，起床气都发在早起唤他的如意身上，将如意骂得哭起来，直到妩姜过来解围，太子才余怒未消地更衣洗漱，时间却已经来不及了。

太子自己也知天色不早，一路不停催促轿辇加快速度，连随侍的妩姜都小步急奔才能赶上，轿夫们更是挥汗如雨，气都喘不上来。

到了太学，太傅居然迎在门口专门候着太子，脸色自是不必说。太子匆匆见礼，面上有几分尴尬。

未等太傅发话，妩姜从侧面抢上，道："太傅息怒，太子昨日协助处理公务，又独自完成课业，以至于夜深才寐，奴婢想让殿下多加休息，今晨才唤得晚了。都怪奴婢伺候不周，自作主张才令殿下迟到，愿领太傅责罚。"

太傅本来就对妩姜女扮男装伴读的事犹记在心，此刻看见她更是恼火，重重哼了一声："你一个小小宫女，胆大妄为，先是挑唆太子，如今是服侍不力，想是殿下素日将你宠坏了。罢了，本来太子殿下今日该罚抄书十遍，就由你替了，好好警省你的过失！"一甩袖进了学堂。

太子一听罚抄十遍，脸色不禁有些难看，望着妩姜的眼中满是同情，却只能垂头跟进去，不敢为她求情。

妩姜心里叹了口气，乖乖去了太学生受罚的小厅，提笔开始抄书。《尚书》共二万多字，抄十遍便是二十多万字，一日之内抄完，简直是不可能的事，但她还是硬着头皮提笔开始抄写，心中默念就当是练字。

抄了一阵，妩姜甩了甩发酸的手，面前摊着的纸"唰"地被人抽走，然后她听到面前"啧啧"有声："写得还真是认真，你真把自己当太学生了啊？"

妘姜一回头，瞧见柳述玩世不恭的眼神，带着几分调侃。她有些气恼地夺回墨渍未干的纸："去去去，小屁孩儿，别影响我抄书。"

"哎呀，几日不见，你胆儿肥了，居然敢叫我小屁孩儿？"柳述也有些恼，干脆劈手将她的书抄在怀中，"看你这回抄什么。"

妘姜踮起脚尖想去夺回书，步履却不及他敏捷，气得跺脚："你每回非得欺负我才开心对不对？"

"对呀，看你狼狈我可开心了。"

"你这会儿溜出来做什么？不会就是为了看我被罚抄书吧？仔细太傅逮着了连你一棒子打死。"

柳述撇撇嘴："我可是奉二殿下之命离开学堂的，太傅管我这伴读做甚？"

"那你赶紧去办二殿下吩咐的事吧。"

柳述狡狯地笑一下："我本想完成的，可现在觉得没必要了。"

"嗯？"

看着妘姜天真不解的神情，他更得意三分："二殿下让我供你差遣，用不用帮你抄书？"

妘姜瞪大眼，好半晌才缓过气来："算了，你不帮我也罢，免得字迹不对被太傅发现，你别给我捣乱了，赶紧把书还我。"

"叫三声柳哥哥。"

妘姜瞅了他半晌："柳——"她拖了个长腔。

柳述满心欢喜等她后面的"哥哥"二字，却听她冷笑："就你这智商还想做我哥，柳家小屁孩，你赶紧把书拿走吧，我也不要了。"

柳述愕然，却见她翻出之前誊抄的书稿来，继续提笔抄下去。他倒是忘了，她在这抄了好一会儿了，已经抄好了一遍有余，不必非对着书继续抄。

柳述悻悻然，若是再将她抄好的书稿抢走，一来未免无赖，二来可能被她向宇文赞告状，思前想后还是妥协，另行取了纸笔，伏案抄起书来。

"喂，你帮我抄的，很容易被太傅发现，你还是别抄了。"

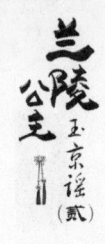

妩姜拒绝了柳述的帮忙。

她抄了好几天才完成处罚，太傅拿到手稿后果然只草草扫了两眼，估了一下纸的厚度，哼了一声扔到废纸篓中，袍袖一挥，算是就此带过。在他心里，这种小惩大诫不过以儆效尤，警戒一下众太学生而已，最主要的，还是出了妩姜女扮男装伴读、对他不敬的一口气。

此事之后，太子对妩姜倒是更好了，常加以赏赐，出手不凡，甚至有回提到要晋她为女史。

太子这么一提，妩姜虽没放在心上，从旁伺候的有心人高芷却放在了心上。

女史虽常从宫女中选拔，但晋为女史后却不再是宫女，而是正式的女官，能与各司掌司平起平坐，算是宫女飞上枝头的一条捷径。

高芷自己倒并没多想升作女史，这官职虽说好听，终究还得伺候皇族，她最终的目的是飞上枝头做凤凰。但她心中最为忌恨的是妩姜，妩姜若升作女史，无疑是她不愿看见的。倘若能阻碍妩姜的前途，于她而言便是快意之事。

左思右想，高芷忽然想起了许久不见的钱辰玉，不由自主地泛起一丝笑意，辰玉啊辰玉，你在云阳宫如何趾高气昂，在浣衣局又是如何照应我，这回我便给你一个升迁的大好良机……

辰玉见到暌违的高芷，很是愕然，毕竟她们面和心不和已有好长一段时日，而且她暗中造成高芷沦落浣衣局，又曾让伯父"照应"过高芷，如今二人见面，她居然有几分做贼心虚。

听到高芷说起选拔女史一事，辰玉惊诧之余不免犹豫，高芷有多少心眼她是清楚的，怎么这会儿来向她示好？

高芷却是一脸热心，仿佛和她毫无芥蒂，并表示到底和辰玉姐妹一场，所认识的宫女中就属辰玉出身高贵，多才多艺，这个机会千万要把握住。

辰玉悄悄察看她神色，心里估摸着当时在云阳宫暗中踩她的那脚她果然没有发觉，至于调到浣衣局的那些"照顾"，其实也没有证据指向自己，也许她当真没察觉。

148

想了又想，辰玉抱着试探的心情道："机遇是不错，只是我当真不会写策论，字虽识得不少，也读过些书，但朝政之事、天下时势，哪里把握得好？"

高芷嫣然一笑："哎哟，我的好辰玉，你不会写，自有人会写啊。"

辰玉见她眼波一转，目光中别有深意，知道她想钓自己胃口，便故意忍耐着不表示出期望来，等她自己说出。

高芷心头暗骂，装什么装，你不就等我开口嘛，我就铺条路给你，看你这回吃不了兜着走。脸上却笑盈盈道："你不会，可妩姜会啊，她既要选拔女史，少不了要写，到时候你只要……"

"万一我俩用了同一篇……"

高芷笑道："你俩不会用同一篇的，只要她写的策论提前被调包……"

辰玉看着她，两个人会心地相视一笑。

第九章 升任女史

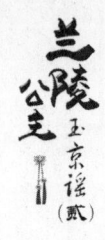

一年一度的女史雅集其实就是个夜宴,宴上众女史品评文章,谈论诗词,而周帝则借兴饮酒取乐,顺便从宫女中选拔女史。

每逢此时,总有一些能识文断字的宫女参与进来,哪怕落选也能搏个与周帝接近、崭露头角的机会,偶尔也有品貌出众的能博其青睐,许多宫女都不愿放弃这个机会。

策论选题在宴前两个时辰便会公布,宇文邕可没耐心等着她们现场作文,因此宫女们都是宴前写好策论,在夜宴时呈交圣览,由周帝与众女史品评。

但是今年她们并没有等到呈交策论的机会,因为宴席开始后,欢声笑语一番,便见太子宇文赟亲自上前为宇文邕斟酒,然后提议道:"赟儿倒是觉得,今日场中有个现成可以擢升的女史人选,陛下不必看什么策论文章了。"

"嗯?"宇文邕端着酒杯,微眯起眼看他。

"陛下可还记得妩姜?"

宇文邕并没有多思索便将目光投向了妩姜,她和其余宫女一样,正端正地立在宴席旁候命。在这样的场合,她显得不卑不亢,仪容婉然,神态静好。

"她写的文章很好?"

太子笑笑:"陛下应当记得东宫选拔宫女时,便是以学识衡量,其中也有命题策论,当时她拔得头筹,倘若写得不好,赟儿怎会看中?"

"唔。"宇文邕缓缓点头,在他眼中,太子是个勤奋努力的睿智储君,唯一的缺憾就是性格脾气不能令他如意。但人无完人,至少在才学这方面,太子还是颇有识人之慧的。

"好吧,今年打算擢升一名女史,既然赟儿一力推荐,便是她了。"

太子笑了笑,目光扫过去,见待选的宫女脸上不约而同流露出失望之色,其中最为惊愕的当属钱辰玉,她怀揣着高芷暗中帮她盗来的策论,心里的失落感无与伦比。太子全然没有留意,只看着妩姜,她神色如常,仿佛之前说要升女史的不是她一样。

宇文邕暗中打量，心想赟儿的眼光不错，不以物喜，不以己悲，只这份雅量，这小宫女就脱颖而出。

宇文赟又道："东宫一直未有女史，希望妧姜擢升后依然留在东宫。"

"也好，便让她继续伺候你左右。"对宇文邕而言，这些都是不值一提的小事，他并没有放在心上。

丝竹之乐轻奏，女史们的流水席、诗词评依然继续，喧哗笑语之中，黯然神伤的只有那几名自以为有备而来的宫女。

筵席之末，雅集陆续散去，宇文邕早在众人之前便离席回宫。

辰玉夹杂在官女群中无精打采，没留意高芷何时悄悄靠近自己。她只是觉得被人推了一把，不慎撞在前面的宫女背后，跟着摔了一跤，"哎哟"一声，怀中的策论纸卷散落一地。

身后的宫女们见有东西洒落，散开绕行，目光都聚过去，但只一扫而过，并没有当回事。

太子被辰玉那声尖锐的惊呼吸引了目光，他缓步踱过去，出于好奇，随意地弯腰捡起几张看了看。随即他的面色微变，目光闪烁，若有所思。

"太……太子殿下。"辰玉慌得来不及捡拾策论，直接跪下。

太子和善地一笑，看着她："你写的？"

"是……是。"

"叫什么名字？"

"奴婢……钱辰玉，御膳房尚膳。"

"掌勺的？哈哈！"

钱辰玉听出太子语中有调侃之意，恨不得找个地洞钻进去。从前她以年纪轻轻便升尚膳为荣，可在太子面前却成了"掌勺的"，她深感自惭形秽。

接下去太子却笑道："真没想到你这年纪便能做上尚膳，能掌勺还能提笔，居然写得一手好文章。"

辰玉一愣，喜忧参半，悄悄抬眼看他一下，见他神色如常，嘴角带有笑意，眼中似有欣赏之色，她的羞赧之情便淡了，壮着胆子道："奴婢……只是

第九章 升任女史

想在雅集上选拔女史，勉力一试而已，没想到文章拙劣，连呈给陛下看的机会都没有。"

"没事，本太子看中了也是一样。"太子笑着，居然亲自伸手到她面前，似欲相扶。

辰玉脑中嗡的一声，仿佛全身血液都在上涌，一张如玉俏脸红得几乎要滴血，好半响才敢怯怯地将手放在太子掌心，被他一握便拉了起来。

"嗯嗯，长得也挺可人，虽说尚膳职位不低，但你一个女儿家，成日与油盐为伴委屈了你，你可愿意来东宫？"

辰玉再次惊愕抬头，心里有一万个愿意，却结结巴巴说不出口，倒是太子身后的高芷诧异不已——太子这葫芦里卖的是什么药？他明明看到了那策论，居然是这反应……

"哦，也对，你由尚膳调任到东宫成了寻常宫女，确实有些不愿，那便算了。"太子误以为辰玉不乐意，松开了她的手。

"不不不，奴婢自然……万分感激太子垂青，愿……愿意……"辰玉终于说出了口。太子尚未立太子妃，哪个适龄宫女不想接近他，借此往上爬？有这样的机会她怎肯放弃？

太子一笑，当先而行，辰玉随即跟上，连御膳房都不打算再回了，辞别之事也不必她去了，想来太子会安排人知会秦司膳。

辰玉到东宫后，接替了妩姜之职，掌管东宫宫女日常事务。妩姜虽说升了女史，做的事倒是和以前差不多，依然要伺候太子笔墨，只不过多了记载太子日常言行、整理卷册之职，不参与夜间轮值，当然也不归辰玉统管。

辰玉觉得太子大约是欣赏自己，视线无时无刻不落在自己身上，暗地里满心欢喜，对高芷便有些不假辞色。

高芷并未对辰玉的殊荣表现出格外的艳羡，她和太子一样暗中打量着辰玉，她更加注意的是太子看辰玉的眼神。例如现在，辰玉在忙碌中依然显得心情很好，太子的目光虽跟着辰玉打转，却带着几分不明意味的阴冷，显然并不是善意的欣赏。

尤其当辰玉日常与人接触、对话的时候，太子会加倍留意她的神情举止，久而久之，令高芷渐生一种感觉，太子关注辰玉其实并不是欣赏，而是不动声色地监视。高芷心中渐渐便动了念。

当掖庭有人过来送东西给辰玉时，恰巧遇上高芷，她很热心地接过，表示一定转交高芷。打开盒盖一看，不过是些吃食和布料，想来是掖庭令利用职权之便弄来给辰玉的。高芷微微冷笑，悄无声息将妩姜的一盒玫瑰胭脂膏放进去。这是往日太子赏赐给妩姜的贡品，因她极少用，所以闲置在角落。

辰玉回来时，高芷将盒子交给她并压低声音道："掖庭令大人特意让我传了话给你，里头这盒玫瑰胭脂乃是贡品，宫里头只有皇后、苏贵嫔她们几人才用得起。"

"哦？"辰玉有些惊愕，打开看了看。

"你伯父这么疼你，你该向他道声谢吧？"高芷微笑道，"你写张纸条，表示已收到他所赠之物，我替你送去，也好证实我已将东西转交给你。"

辰玉想了想："也好。"提笔刚写字，却不防惜惜进来道："高芷姐姐，殿下有事唤你过去。"

高芷一怔，扫了眼辰玉写到一半的纸条，有几分悻悻地离去。

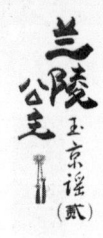

高芷离去后，辰玉很快写好纸条，抬眼见惜惜正好奇地看她写字，便将纸条交给她："惜惜，你做完事抽空帮我送去掖庭，交给掖庭令。"

"好。"惜惜一口应下来，随手将纸条放在怀中。

高芷进殿时，太子正和妧姜低声说话，见了她，两个人便住了口。太子询问道："高芷，你近日可见到辰玉与谁往来密切？"

高芷一愣神，心头一凛，想了想小心翼翼地回答："并没有，或者是奴婢没留意。"

太子淡淡道："那你有没有看见妧姜的玫瑰胭脂膏？"

高芷陡然心里一凉，没想到妧姜这么快发现，出乎她意料。她以为妧姜不用那东西，两三天才能发现，那时候她已放好纸条，只要一搜宫，便能找到辰玉那里有妧姜的胭脂膏，而妧姜那里有辰玉的字条，到时这两人勾结盗取策论之罪，无论如何也洗不脱罪名了。

可是现在……高芷迅速转念，抬眼发现妧姜正目光灼灼地注视自己，越发心慌，轻咳了一下道："奴婢……没有见过。"忽然灵光一闪，"对了，惜惜今日去找辰玉了，两人神情似乎有些异样。"

太子与妧姜对视一眼，两个人不约而同起身往辰玉住处去。

"去把惜惜叫到辰玉房中。"太子边走边吩咐高芷。

辰玉新来，被安排与如意一间房，和妧姜高芷的住处隔了两间厢房，太子进屋的时候，辰玉正拿着掖庭令送来的衣料在身上比划，见太子进来，慌慌张张将布料往身后一甩，跪下请安。

太子默不作声地绕着她走了一圈，一言不发。

妧姜走上前，见太子的目光落在辰玉身后的布料上，便捡起来察看了一下，轻声道："殿下，这是织染局的新布料，颜色花样都很新鲜。"

太子并不说话，目光依然四下里搜索。

辰玉跪在那里隐隐感觉不对，心里越发慌了，掖庭令私下扣了新布料给侄女算不上什么大事,但被太子得知终归不太好。

"这盒胭脂哪里来的?"太子拿起辰玉放在案上的胭脂盒子打量。

辰玉压根儿没想到太子竟纡尊降贵来到官女房中,这些东西全都未及收拾,此刻只能硬着头皮道:"回殿下的话,这是奴婢的伯父刚刚差人送来的。"

太子冷笑:"掖庭有织染局,可没有奉香殿,胭脂往日都是奉香殿制的,你伯父从哪里弄来?"

"啊?"辰玉不明所以地抬头看他。

妩姜轻声对她道:"这盒胭脂不是奉香殿制的,里头的胭脂红是金花燕支,大周并不产,乃是贡品。"

辰玉的目光有些呆滞,盯着那盒胭脂,心里越发感觉不好。

"你是从哪里得到的?"妩姜又问了她一遍。

"真的……真的是伯父……"

太子打开盒子:"这种胭脂盒子原有十片燕支薄片,妩姜用了半片,还剩九片半,你伯父送的倒是真巧啊,居然还有用剩的半片。"

辰玉大惊道:"这……这是妩姜的胭脂盒子?"

没等妩姜开口,高芷带着惜惜进来向太子复命:"殿下,奴婢正见着惜惜往掖庭去,慌慌张张不知道想做什么。"

太子的目光转向惜惜,小姑娘完全不知道发生了什么事,慌乱道:"奴婢只是替辰玉姐姐往掖庭送信啊……"

"送信?送什么信?"

惜惜看见太子噬人的眼神,吓得连话都不会说了,跪在那里半天答不上来,高芷索性在她身上一搜,搜出了辰玉的字条,交给太子。

辰玉为避人耳目,没有写抬头和落款,只草草写了一句:"所赠已收,谨表谢意。"

"大胆!"惜惜听得太子骤然厉喝一声,吓得整个人坐倒在地,惊恐地睁大眼。

太子指着辰玉道:"上次你偷盗策论,这次偷盗妩姜的胭脂,原来内应便是惜惜!"

妩姜一听,便觉得太子此言过于武断,然而她见太子神情阴郁,眼神中带着炽热的怒意,知道他情绪上头,难以控制,只能轻声道:"殿下,你且听她们说清楚。"

"说什么说?"太子蓦然转身扫她一眼,冷笑,"证据确凿了还要听?上回她在雅集上掉落了策论,虽字迹是她誊抄的,但内容分明是本太子的课业!那上头字迹和这字条一模一样,可见她必有内应!你的胭脂在自己房中,她就算想偷也进不了门,想必还是有人盗去给她的。字条在惜惜身上,难道不是两个人往来通信的证据!说什么掖庭令送她的,只不过是托词罢了!"

高芷在旁听得周身冷汗,她本来盗了太子的策论给辰玉,便是想嫁祸妩姜,没想到雅集中辰玉并没有用上策论,她为了让辰玉怀揣的策论被太子发现,便在暗中推了一把,终于令太子发现。没想到太子当时没有发作,反而将辰玉调到身边暗中察看——这时候她以为有了更好的机会,没想到还未及嫁祸妩姜,中间莫名其妙插了个惜惜进来。

但是无论如何,这件事是跟她无关了。高芷心中侥幸地想,让惜惜去当替罪羊也好。

惜惜根本不知道什么胭脂、什么策论,急得哭泣,一句也不懂辩驳。

"真的、真的不是奴婢……"辰玉没想明白为什么掖庭令给她的盒子中会有妩姜的胭脂。

"来人,将这两个人都带进暴室关押!"太子压抑了许久的戾气终于发作,压根儿不顾妩姜从旁劝解,直接摔袖而去。

辰玉被推入暴室之中,铁门重重地关上。随即她听到隔壁传来惜惜的哭叫之声,惊慌地将身子贴到墙面上仔细听,只听到隐约的藤杖之声。

她双腿一软,跪坐在地,回想起刚才雷霆般的一幕,努力克制自己,整理着混乱的思绪,渐渐有几分清晰起来。高芷,一切都是高芷嫁祸,所谓掖庭令送来的盒子只有高芷经手过,也只有她和惜惜与妩姜同住,才有机会拿到胭脂。高芷的本意应该是想制造自己和妘姜相互勾结的证据，没想到会连累了惜惜。

"卑鄙，无耻！"辰玉咬牙切齿地斥骂，随即又被惜惜凄惨的哭喊声惊得全身哆嗦，双手死死地攀着墙壁，指甲似乎都要嵌进去，心头弥漫着无限恐惧，之前听说过的有关太子性情暴戾的传闻都涌上心头。

仅有一墙之隔的哭喊声终于渐渐弱下来，辰玉感觉自己的血液都随之冷下来，惊恐的颤抖渐渐被绝望和无助所取代，她想应该没有人会来救自己了。回想起和高芷在一起的日子，相互狼狈为奸并屡次互相利用，她越发觉得不值。在入宫前，她好歹也是个官宦家的千金小姐，虽然父亲职位不高，但她过得衣食无忧，处心积虑入宫便是为了能得到更多的富贵，以给家族带来荣耀，结果却是在虚荣心的驱使下一步步失去本心。

暴室天窗仅有的一线余光黯了下去，隔壁的声音早已平息，应该不会再提审自己了。但是过了今夜呢？

妩姜好容易安抚了太子,令他暴躁的情绪平复了些,说服他安睡下来。她悄悄取下太子的随身腰牌,退出殿后,前往暴室,才听说惜惜根本没有被提审,太子命令刑杖八十,不由得惊呆了。好半晌才想起了辰玉:"那另外一个呢?"

"那个倒是还在,殿下没说怎样处置……"

"我要去看她。"妩姜不由分说推开狱吏走进去,因为有太子的腰牌,他们没敢阻拦她,任由她接近了辰玉的囚室。

妩姜拍着铁门,却无法看到辰玉的脸,只能急切地呼唤:"辰玉,你怎么样了?"

原本辰玉精疲力竭之后昏沉欲睡,听到拍门声,一个激灵坐起身来,本能地觉得是太子过来提审自己,惊恐地往后缩着,恨不得将自己嵌进墙角,不被人发现。但随即她听见了妩姜的声音,呆了一下之后松了口气,试探着往铁门移过去。

"是……妩姜吗?"辰玉怯怯的声音隔着铁门传来,有几分颤抖。

"是我,你还好吗?"

"还好……"

"你实话告诉我,到底是怎么回事?"

辰玉定了定神,虽然她一直对妩姜充满敌意,但此刻已将她当成溺水之人的救命稻草,絮絮叨叨向她诉起冤来。

妩姜静默地听完,敲了敲门:"我试过劝导太子殿下,然而没什么用,他心中一旦有了成见便难以改变,我还能帮你什么吗?"

辰玉急切地趴在门上:"你能帮我通知我伯父吗?希望他能帮我求情。其实那个小宫女挺无辜的,都是高苣搞出来的事。"

妩姜沉默了一下,没有告诉她惜惜已经被处置的事,生怕她听了之后会更惊恐。

第九章 升任女史

掖庭令听完妩姜的报讯后，急得直跺脚，这宝贝侄女进宫时他可是答应要照顾她的，结果出了这等事。他谢过妩姜之后便到处花钱财疏通关系。

次晨，太子如同忘记了辰玉这件事，像往日一样去太学，处理事务，完成课业。直到傍晚时分，他才动身去暴室。

"殿下，能听奴婢一言吗？"妩姜紧随其后。

经过了一夜，太子情绪已平息了许多，任由妩姜说道："昨日惜惜已经……被量刑处决了。"

"哦？"太子有几分讶异，"不是说八十刑杖吗？我还没空提审她呢。"

"但是……"妩姜轻叹了口气，她没办法让太子理解八十刑杖的概念，"也许是他们下手过重吧。奴婢想向殿下求个情，辰玉是犯了错，但她年轻不懂事，终究不是致命的错，何况钱家忠君效命，她的伯父这些年来将掖庭打理得不错，殿下可否宽恕一二？"

太子哼了一声："我知道她是钱积纬的侄女，已经不止一个人为她求情了。"语气充满不屑，言下之意，钱积纬在他眼中算个什么东西。

妩姜观察着他的目光神态，觉得他的怒气已消得差不多："殿下您一言便能定夺奴婢的生死，别说钱辰玉了，就是掖庭令也不在话下。但是您处于高位，倘若给他们一分宽容，便会令他们生出感激之心，从而悔悟。奴婢觉得辰玉受到了教训，惜惜又已伏法，一弛必有一张，太子已让她看到您严厉的一面，之后可以展示您仁慈的一面。"

太子终于笑了一笑："你呀，就是转弯抹角想替她求情，你这么善良，在宫中太难得了。"他喟叹了一声，挥挥手，"也罢，你替我去传个令，放了钱辰玉，不过她也别指望回御膳房了，就在东宫做些粗活吧，她这样的心性，不适合再升高位。"

"是。"

太子忽然又道："妩姜，其实从前的我并没有仁慈的一面，是你让我觉得自己居然还有心软的时候。"

妩姜微愕，太子却已离开了。

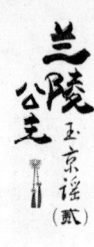

辰玉很顺利地被放出来，陡然出了暴室看见强烈的日光时，她有几分不适应地眯了眯眼，抬手遮了一下才能适应。暴室外等候她的，只有妘姜灿烂的笑容。

辰玉有些不知所措地捏着自己的手，神情充满感激和不安："我……我一直很讨厌你，没想到最后，帮我的只有你。"

妘姜笑着摇摇头："是你伯父四下疏通才令殿下改变了心意。"

"那也是你帮我悄悄通知伯父的。"

"太子调你去做粗活，洒扫庭院，照料花圃，这些你能料理得来吗？"

"没事的。"辰玉低头看了看自己白净的手，其实她并没有干过多少粗活，"可是高芷……"

"她的事你不要再提了，殿下很信任她。"妘姜摇了摇头，她不是没尝试着向太子解说高芷的为人，但是他那样偏执的人，是不会随意被人动摇的。

"那你自己小心她。"

妘姜笑了笑，并没有在意。辰玉不是也针对过自己吗，现在不也能冰释前嫌？

辰玉被调去洒扫庭院，高芷对这样的处置极为不满，暗地里给她使过不少绊子，甚至常刁难她。不过这样的情形并没有持续多久，周帝的调令下来，太子要随军征伐后齐，学习处理军中事务。随军扈从中，带上了妘姜与高芷。大周即使皇族从军，军中也不许姬妾随行，但是宫女倒无妨，穿上男装便可，太子也需要人伺候。

此刻出征，由宇文邕御驾亲征，集齐十四万兵力，越王盛、杞公亮、随公杨坚为右三军，谯王俭、大将军宝泰、广化公丘崇为左三军。

此次已是周军二次攻打后齐，第一次因周帝身体不适被迫退兵。有上次的经验，此次攻打势如破竹，直取晋州。

妘姜随军之时身着亲卫服侍，寻常士兵并不清楚她的身份，都当她是太子亲卫。可巧的是，第三天她居然遇到了柳述，他在军中担任近卫军职务。

第九章 升任女史

妩姜和柳述没机会说上多少话，柳述要从军出征，而她与太子则在军队后方，主帅营旁，每日里倒是能见到随国公杨坚。

杨坚相貌清癯，眼神精湛，看来沉稳干练。他好几次在营帐中看到妩姜经过，观察了几天才确认那是个亲卫服饰的男装少女，回想起曾在宫中遥遥见过，当时她翠鬟云裳，梨涡清浅……距离此次相见已是忽忽一年，而他的女儿还不知道自己的身世。

"你过来。"

妩姜忽然听闻人声，回头四顾，见军中士卒各自忙碌，唯有一座营帐前屹立着一人，朝她微微颔首，似乎正是这人在跟自己说话。

出征前她经太子指点过，知道那是随国公杨坚，便上前去行了一礼："末将见过随国公。"

杨坚笑了笑，也不戳穿她的身份，让她随自己进了营帐，然后指着案上一张绘得精细的地图："这个你见过吗？"

"嗯，这是此次进军路线，我军将要拿下晋阳门户平阳……"这些都是太子跟她说的，她虽然似懂非懂，但都记在心上。

杨坚赞许地点头，指着手绘的红色线路，向她一一解说，并告诉她第一次周帝出征攻下河阴，后因洛口久攻不下，齐军自晋阳援救河阴，才被迫退兵。而此次打算改攻晋州，扼齐咽喉，吸引后齐大军来援，趁势缫灭，再东进灭齐。

解说了半天，妩姜好奇地问："随国公为何指点末将这些？"

"你可是太子亲卫，懂一些形势至少能在关键时刻保护太子，甚至提点他。"

"可是……"妩姜迟疑着，她不太懂兵法，真遇着什么事，不知道自己的提点究竟是帮了太子还是害了他。

杨坚仿佛会读心术一般，道："你没有好好学过兵法吧，没事，只要你过来，我每日会抽空教你。"

"嗯嗯。"妩姜用力点头。太子书房有兵书，艰深晦涩，她曾读过一些，

但无人指点,总是纸上谈兵,并不懂实战。杨坚愿意指点,她当然乐意。

"但是,请不要告诉太子殿下。"

"啊?"

杨坚笑了一下:"对于殿下而言,我只是臣子,可没有资格教他身边的亲卫。"

妩姜想了想,朝他勾出小指,甜笑一下:"好,这是我们的小秘密。"

杨坚先是一怔,随后微笑着跟她勾了一下小指,心里涌上一股酸楚之意。可怜的女儿,我们竟然相见不能相认,别怪我心狠,我不能让别人再想起当年火凤命格的事……

第九章 升任女史

激烈的交战之后，大军压境，大周兵临平阳城下。被围攻十四日得不到支援，平阳守将侯子钦投降，随后晋州刺史很快投降，这一战顺利无比。进驻平阳数日后，入夜城内灯火昏暗，看来仍如往日无异，仿佛太平盛世。

太子自军中议会回来，已是深夜，妩姜依然守候在帐中，高芷轮休，已在隔壁营帐安睡。

"你怎么还不睡？"

"奴婢理应守候殿下归来。"

太子点了点头，疲倦地坐在榻上，妩姜给他洗漱抹脸的时候都快睡着了。当他迷迷糊糊躺下闭上眼后，突然被什么惊着了似的坐起，一双睡意未褪的眼看着妩姜。

她被吓了一跳，看着诈尸般的太子讶异地问："殿下怎么了？"

"你知不知道，父皇不日将回京再调大军，而我将与前军宇文宪驻守，等候后齐大军。"

太子很少与妩姜讲战事，大约今夜是对此事感到心烦，才随口与她说上几句，聊以发泄。

妩姜沉思片刻，想起近来杨坚跟她说的战场形势，道："陛下的意思，应当是想让宇文宪将军留守，等候后齐援军，待消耗他们一部分兵力后，齐军疲乏，再率新军一举消灭他们。"

"你怎么知道？"太子的睡意醒了一半。

"奴婢只是揣测。如果这样的话，平阳就不能攻下便作罢，而应留一部分兵力驻守，以诱齐军来援，将大部分剩余兵力就近屯扎，以备支援。平阳城内若是空虚，极易被收复；驻兵过多，易使齐军警惕。"

太子脱口道："没错！可令宇文宪屯兵涑川，随时备战。"他一时来了兴致，睡意倒是都消退了，将妩姜当成了军情讨论的对象，又跟她说了平阳守将侯子钦与晋州刺史崔景嵩投降的原因，原来他们再三向后齐都城求援，然

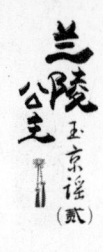

而"告急官军,永无消息,势之危急,旦夕不谋",意思是求援竟然得不到回应,他们越发绝望。

妩姜对此惑然不解,平阳告急,那后齐的皇帝到底在做什么,居然不发兵支援?

太子见她不解的神色,哈哈大笑:"恐怕你都猜不到,据闻齐帝高纬有个淑妃冯小怜,据说美艳玲珑,当时他陪着冯淑妃在天池打猎,而他的右丞相高阿肱那居然说'大家正作乐,何急奏闻',直到日暮时分才告知高纬平阳城落陷,那个冯美人实在是'后齐之幸',竟请他继续打猎。"

妩姜从未听说如此荒唐的君主,不由得皱眉道:"这样的人居然也能为帝,后齐不亡,更待何时?"

太子笑道:"后齐高家有名的荒唐,也不独高纬一个人如此奇怪了。"他想起什么似的,"高芷就是他们高家的人吧,她是武成帝高湛的女儿,结果高演传位于弟弟高湛,高湛继位后杀了自己的侄子,或许怕自己的侄女也起异心,就将她流放了。"

妩姜只知道高芷是北齐公主,却并不知道她沦落的由来,只以为是罪奴充入掖庭,原来是这么个缘由。

太子不再提高芷,又道:"他们高家只出了一个清流,便是高纬的堂兄高长恭,他能征善战,却因一言之差被疑忌杀死,倘若他不死,对我们攻齐而言可是个劲敌。"他一回头,发现妩姜神思不属,不知道在想什么。

"殿下,那个冯淑妃,是个很好的突破口。"

"嗯?"

妩姜很肯定地道:"一个不懂朝政和军事的女人,只知道玩乐和虚荣,非常有利于我们……"

太子凝神听她说着,缓缓点头。

次日议会中,太子提出了留守平阳及消耗敌军兵力的计划,被宇文邕欣赏并采纳。太子为了在宇文邕面前争取彰显的机会,自请带领一万精兵留守,因他不擅实战，还留了大将军梁士彦，任命为晋州刺史，太子只名义督军。而宇文宪屯兵六万于涑川，宇文邕率余部退回大周。

撤退计划已定，宇文邕便开始班师，太子留守可以稳定军心。趁着大军撤退这几日，太子与梁士彦巡视了城墙及防守布局，依平阳的地势布下精兵，另外分派一支小队作为斥候，肩负着刺探军情的特殊任务。

城墙头，猎猎北风吹拂着太子的衣襟，梁士彦对太子的智勇深感钦佩："殿下居然以千金之躯甘冒此险，实为臣下表率。"

"不，我不认为这是冒险，我相信这一场仗，我们大周必胜。"

看着太子自信的面容，妘姜心中略有隐忧。她是在私下里给太子出了一些主意，并在议会上被采纳，可是太子决意留守这件事却完全出乎她的意料。太子好大喜功且刚愎自用，这决定事先非但没与她商议，甚至连提都没有提过，否则她一定力主太子随周帝回京。

毕竟留守是件非常危险的事，太子并无实战经验，所谓熟读兵书不过纸上谈兵，妘姜很担忧他会步赵括后尘，幸而宇文邕对这个儿子尚有几分了解，将守城大权交给了梁士彦，只命太子做督军。

据斥候报讯，"冬月十九日齐帝高纬得知平阳陷落，直至冬月二十五才率十万大军摇摇晃晃南下来援。"这给了宇文邕充足的撤退时间。即便如此，算算时间，大军不日将压境。梁士彦建议太子不要再上城墙巡视，在妘姜的劝阻下，太子终于没有再去秀他的风采。

整个平阳城，在剑拔弩张的气氛中等候着齐军。

太子盲目自信，妩姜心里一直存着隐忧。她悄悄溜出去找了柳述，想与他商议太子的安全事宜。

柳述见到妩姜溜出来找自己，颇感意外，他没想到太子留守，竟连妩姜也跟着冒险。

"你居然跟着傻太子留在这座危城？"

"嘘，不要乱说话。"妩姜嗔怪地瞪他一眼，对他的用词不当表示不满。

"难道不是？他居然自请留守，简直……"

妩姜想到太子夜不能寐的压力，明白他为什么甘愿冒险也要争功，她看着柳述道："太子已经棋差一着，而我身为他的女史，理应为他的安危着想，这不仅仅是保他，也是保我自己。我们得商量一下，倘若平阳遇险，该如何保太子周全。"

柳述叹了口气，想了片刻："如今只能走一步算一步，你好好守在太子身边，如有变故，我们再联络。不过你放心，我永远都会站在你身边。"

妩姜微笑着看他："困守危城固然是件冒险的事，可是能有你陪伴也不差。"

齐军终于到了平阳城下，斥候再三急报，太子却做了第二件傻事：他竟然不顾梁士彦的建议，主张不向宇文宪求援。

虽然太子这一决断并非完全没有道理，他想让平阳城最大限度地消耗齐军兵力，而让大周保持兵力。在他的坚持下，梁士彦不得已采纳了。太子之所以敢如此冒险，也是基于之前妩姜向他献的"奇计"，他始终相信那是决胜的关键。

远方滚滚的烟尘中，隐隐有铁蹄践踏的声音传来，齐军浩荡的阵仗招摇而至。

平阳城内，全城戒严备战，梁士彦的脸绷得铁硬，刚毅的脸上浮现一丝决绝，指挥布阵后，沉声道："我们这支留守的万人军队，每个人必须有死战到底的决心,誓要守住平阳!"

"是!"列队整齐的回应声,响彻了平阳城。

太子不顾反对,再次登上城墙,远观敌军的浩大声势,走下城楼的时候,他脸色微微发白,似乎为自己留守的决定生出几丝悔意。

城下战马萧鸣,金戈相交,这一场仗绝不会像初征晋州那样势如破竹,而是一场持久艰辛的守城战。

城头上箭矢如雨,而墙下同样还击以箭雨,攻城云梯迅速搭建,齐军士卒不顾死活地往城墙上冲击,遭到周军誓死抵抗。在梁士彦的带领下,这些留守军都抱了必死的决心,誓死不退。

密密麻麻的齐军尸体堆积在城下,云梯上不断有新的士卒爬上去,憨不畏死地直冲城堞。

"城外怎样了?"妡姜看着太子在室内不停地踱来踱去,眼神中的忧虑与不安一览无余,早前留守的坚定信念在这几日艰苦的守城战中被一点点消磨殆尽。

太子终于停顿片刻,摇了摇头。

妡姜想了想道:"奴婢去城头看看。"

"别去。"太子迟疑了一下,"梁士彦已经不让我上去了,你去也很危险。"

"没事的,奴婢去探听一下,好帮殿下做决断。"

太子见她一意要去,阻拦不得,只能道:"你千万小心。"旋即又烦躁地说了句,"高芷不知道哪里去了,需要她的时候总是不在。"

妡姜看他神情,似乎并不需要高芷做什么,只是想要身边有个人可以助他稳定情绪而已。果然他只是随意发了句牢骚,没有继续找高芷的意思,她便出了门往城门去。

城内军民都处于戒严状态,没有人留意一个行色匆匆的"小兵",只是当她走近城门的时候,城下守军警惕地拦着她:"现在不能上去,上面的情势……"没等他说完,城楼上传来惨叫声、厮杀声、刀兵相交之声,

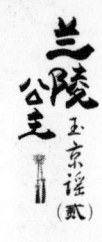

湮没了他的声音。

"我是太子近卫军,要上城楼察看情势。"妩姜亮出太子腰牌,然后匆匆上了城楼。

城头上一片狼藉,城堞尽毁,齐军搭建的云梯上不断有士兵爬上来,虽然守着城堞的周军奋力砍杀,箭矢不断射向城外,但齐军竟前仆后继,不断有人爬上墙楼试图攻进城,再不断在周军的誓死抵抗下砍落下云梯。

尽管如此,周军的守势越来越艰苦,城墙完好处不过数仞,城下战火熊熊,撞击城门之声每一下都敲击在妩姜心上。

她迅速回转身匆匆下城楼,却见梁士彦迎面而来,他认出妩姜是太子身边的亲卫,带着倦容的脸上现出一丝惊讶之色:"你来这里做什么?"

"梁大人,我替太子殿下查看战况,看样子,平阳城撑不了多久了。"

"你去回禀殿下,假若平阳城今日城破,必是我梁士彦死在众将士之先。"

妩姜被他的慷慨自若感动:"有梁大人这样的将领,平阳城必能守到援军到来。"

他们心里都清楚,太子之前的错误决定是导致援军至今未至的致命原因,而如今在齐军包围之下想要杀出城去寻求救援,恐怕不容乐观,只能是微渺之愿。

妩姜稍一思量,径直去找柳述,他身为亲卫队,并未亲自上城楼参战,而是被调来太子住处周边守卫。

见着行色匆匆的妩姜,柳述有几分诧然,话都没来得及说便被她拉着直跑,好容易才停下来:"我说小妩姜,我可是在值守,要护卫太子安全的……"

"我们不能再等了,一方面要遣人出城报讯,向宇文宪救援,一方面要保护殿下的安危,困守在这里不是办法。"

"眼下如何摆脱齐军包围,出城向宇文宪求援?"

"我想到了一个办法,却不知如何实施。"

听完妩姜的计划，柳述沉思了片刻点头："目前就差关键一点，如何逃出城去。你放心，我会想办法的。"

妩姜告别柳述后回到太子住处。

太子见到妩姜回来，起身相迎："援军还是未至？"见妩姜缓缓摇头，他眼中最后一丝希望熄灭下去，颓然坐倒。

"太子殿下，您不用担心，我已经想了个法子，至少能让您安全。"

太子惊疑不定地看着她。

妩姜跟他细细讲了一遍自己的计划，她打算让亲卫穿上太子衣衫留守此处，而让太子换上平民衣服迁到安全之处，然后她与柳述带着太子腰牌冲出城去，往涑川求援。

太子犹豫，随后摇头："这样不行，你太冒险了。"

妩姜坚定道："为今之计，只能如此。殿下注意安全，奴婢不在的时候，您一定要多加小心。平阳城若破，再多守卫都护不了您周全，还是乔装平民安全些。"妩姜交代完这些事，匆匆出去找柳述，两个人还得筹备出逃，商量从哪里逃出去可能性最大。

太子在不安中越发烦躁，直到高芷回来，他冲着她发了一通火，却没有如平日一样惩罚或赶走她，这种时候，他更觉得孤独无助，需要有人在身边增加安全感。冷静下来后，他对高芷道："去找两套平民衣衫，我们换上，然后离开这里，让梁士彦安排我们住进城中平民家中。"

高芷愕然不解，但刚见识过太子发作的怒意，她不敢多问，随即出去找了两套平民衣衫回来，两个人一同换上。这时候太子才匆匆向她解释目前的情形。

"什么？我们要放弃这么多守卫的住处，改住到毫无防卫的平民家中？"

"是的，而且这件事妩姜认为知道的人越少越好，她本来是想让我自行去找民居，甚至不要告诉别人，但是这种事，如果没有人安排，难道让本太子自己去面对？"太子不满地嘟哝。

此刻，那名顶替太子的死士悄然前来，高芷找了套太子的衣饰给他换上。

　　死士建议高芷留下来跟自己待在一处,毕竟太子两名亲卫都不见了,太容易令人起疑。

　　但太子大为恼火,拒绝了提议,他不想独自待在一个陌生的地方,那会更令他不安,何况他需要人伺候起居。

　　死士见太子连单独生存能力都缺乏,只能无奈地妥协。

出去后的妘姜没有找到柳述，焦急地再次上城楼观看，发现一片城堞焦墟，原来梁士彦采取火油攻势，烧毁了对方的云梯，城头外火光熊熊，齐军暂时无法搭建云梯攻上城来。

梁士彦召集城内居民昼夜修城堞，看样子很快便能将城墙修好。

妘姜看到城墙上尚有攻上来的齐军尸体，而周军忙于守城和修城墙，无人去处理，不由心中一动，走近前去弯腰察看。

"你要做什么？"梁士彦的声音自后面传来。

妘姜转过去，答道："梁大人，你们打算如何处置这些尸首？"

"自然是要和阵亡将士一起拖下城去。我们的将士要好生安葬，但现在抽不出人手来办这事。至于敌军，得尽快焚烧，否则尸体放置久了会传染疫病。"

"我想借两套完好的齐军服饰。"

梁士彦意外地看着她。

妘姜拿着两套完好的齐军服饰再次下城楼去找柳述，终于见到脸色沉沉的柳述返回太子府外。她拉着他离开，问他："你究竟去了哪里？"

"我在城内到处打听，并察看了东西城门，发现都没有安全的出口。城周皆被齐军包围……"他无奈地摇摇头，"西门也许可以冲出去，那里只有少量齐军。"

"我们不必冲出去，你看。"妘姜亮了亮手中的齐军服饰。

柳述拿过来左看右看，对上面的残留血渍表示不满，闻了闻，感觉还有臭味，不禁摇头："这衣服你哪能穿？"

"行了，别挑剔了，这是我唯一找到的两身还算完整的，我们去西城门那里，趁乱出去。"

两个人从军中牵了一匹马，快马加鞭驰往西城门。西门紧闭，守城侍卫见了太子腰牌，依然不肯开门。

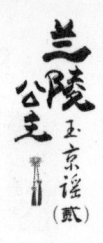

"这位大哥,我们是出城报讯的,如果再没有救援,城门将会被攻破。"

守城将士惊诧地道:"你们打算从西门出去报讯?"

妩姜点了点头。

"西门出去唯一的道路被齐军守着,只要你们一出城门,便会被察觉。"

"我们在城楼上找了两套齐军服饰。"

"没用的,外头的齐军驻守只为防城内逃兵,城门一开,恐怕还未等他们看清你们衣装,便开始放箭了。况且西城门是城内最后一道防线,一旦为你们打开,万一齐军趁势攻进来,我们可抵御不住。"

柳述听他说得在理,扯扯妩姜的袖子示意她离开。

"没办法,还得往东城门去。"妩姜有些忧心忡忡,"那边战火连天,如何混出城去?"

"这两日东城门已有破损,我们去看看再作定夺。"

妩姜思量一下只能同意。

两人一骑,策马往东奔时,天色渐渐阴沉下来,越发昏暗,看样子风暴将至。

"这天也与战势一样,令人心情沉重啊。"柳述轻叹了一声。

"不好,快跑!"

柳述被妩姜吓了一跳,莫名其妙:"什么不好?"

"城楼外以火油烧毁云梯,阻碍对方攻势,以便修葺城墙,刚有进展,这会儿阴雨密布,将火浇灭的话,敌军攻势又会猛烈起来!"

柳述闻言一惊,吆喝一声,抽了一鞭,坐骑狂奔起来。

临近城门的时候,天空中淅淅沥沥下起了雨,空中电光微闪,显见这场雨绝不会小。

两个人冒雨上了城楼,见烟气袅袅,水汽纵横,火光已经熄灭。

城楼传来震动,两个人险些站立不稳,不约而同想到了城门外正在攻城,慌乱中步履不稳地奔下楼,直冲城门。

城门传来隆隆如闷雷的撞击声,两个人对视一眼,相顾失色。那是撞锤敲击城门和城墙的声音，天不作美，这场雷雨熄灭了大火，齐军很快就能攻破城墙，修葺的速度赶不上毁坏的速度。

撞击的震动令城楼隐隐摇撼，楼上的箭矢狂乱密集，也挡不住撞锤的威力，城墙终于在无数次的冲撞后豁出了缺口，守城军士与攻进城来的齐军短兵相接，金戈大作，血雨横飞。

柳述冲上前加入作战，妘姜紧随其后靠近交兵之处。此刻他只想着参与防守，一时竟忘记了自己背负的重任。

"柳述……小柳树……"妘姜焦急的呼唤在暴雨与金戈声中微不足道。

眼见着城墙的缺口越来越大，齐军却出现了骚乱，一阵抵御之后，竟然狼狈逃窜，纷纷开始退出城去。

此举令人大为不解，然而周军不敢趁胜追击，担心对方用了疑兵之计，佯败诱敌。

随着齐军渐渐撤退，周军的混乱也渐平息，由拼死抵御改为严阵防守，梁士彦及其副将下城指挥，看见柳述和妘姜尚未离去。

"就是这时候，快点儿换衣服。"妘姜催促着柳述。

两个人在城门后急着匆匆套上齐军的衣饰，梁士彦便与守城的周军暗地交代了几句，让他们往外射箭时留意柳述他们帽后的红缨，千万不可误伤。

周军让开一道缺口，让两个人从破损的城墙钻出去，梁士彦再三叮嘱他们要留意安全，脸上不无忧色。

整个平阳城的安危便系于他们一身，而他们孤军出城，毫无外援，着实危险。

妘姜一脸镇定道："不必担心，是上天给了我们这么好的机会，连城门都不必开就能冲出城去，且齐军刚退，我们紧随而上，混乱中他们只当我们是未及撤退的同胞，断不会向我们射箭。"

柳述点点头，左手持盾，右手持刀，当先冲出去，将妘姜护在身后。他们离去后，周军在梁士彦的指挥下迅速修葺城墙、城垛。暴雨中只见齐军从凌乱到有序，渐渐撤退出去。

柳述他们趁着昏暗的天色与倾盆的暴雨尾随在齐军边缘，距离越拉越远。城墙上的周军看见他们帽后鲜红的红缨，箭矢都避开他们射击，任由他们退到了齐军外围，然后趁乱逃离。

"快走，我们先离开齐军大队，到前面再设法找马。天色将暗，正是我们趁夜逃跑的好机会。"

"不，我们今夜要留下，我有事。"

柳述讶异地盯着妩姜，她只顾拉着他往齐军扎营边缘的树林里奔跑，借着树丛的掩映躲躲闪闪，终于找了一棵冠盖广茂的树，钻进树洞躲起来。

淋了一身的雨，柳述全身彻骨寒冷，再看妩姜，脸色苍白如纸，唇边都失了血色，不禁有几分忧心："这可怎么办？"再看外头尽是雨水，虽然林子里因为生长繁茂的枝叶挡住了不少雨势，可终究林中没有一块干地，哪里能生火？

"不用怕，到晚上我们再想办法。"妩姜费力地脱卸下身上的齐军盔甲，铁盔挡雨，头发倒是没湿，皮甲下的衣服尚有干燥之处。

柳述也只能脱掉那身碍人的盔甲，想了想，他纵身上树，砍了些树枝下来，然后将两个人的盾牌斜支起来挡住树洞口，终于阻止了雨水继续打入洞中。

这棵百年老树枝干虬结，有几人合抱粗细，树洞其实是树干上内凹的一块，两个人蜷在其中便没什么空间，只能挤在一处，左右寒冷，柳述索性拥住了妩姜，搓着她的手，问道："还冷吗？"

妩姜没有答话，此刻天色已暮，林中几乎全暗下来，唯有她的双眸晶亮闪烁，像夜幕中的星子。过了片刻她才道："天色全黑以后，你穿上盔甲，混入齐军营中，找到齐帝营帐附近，要找到一个杂耍的班子，然后将这东西交给杂耍班里的猴子。"

"什么？"柳述一阵迷茫，全然不解，看着妩姜递来的树皮，然后见她拿刀尖在树皮上刻下简单几笔指示，又写了几个字，脱口道："你让他们来找我们？"

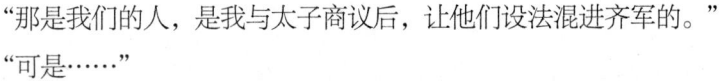

“那是我们的人，是我与太子商议后，让他们设法混进齐军的。”

“可是……”

妩姜笑了笑：“你不用担心，齐帝昏庸荒唐，不会有太多防范，倒是你混入军中要多加小心。他们会如约将猴子拴在营帐门口，你应该能见到它进出。”

柳述将信将疑，吩咐妩姜自己多加小心，然后趁夜色潜入齐军营帐。

齐军虽有十万大军，但无治军名将，守夜疏松，柳述穿着齐军服饰，身形又灵便轻巧，轻易便混了进去，完成了妫姜交代的事。

约夜半子时，柳述回到树洞，向妫姜说了一下敌军的情形，那齐帝营帐竟通宵掌灯取乐，听闻齐帝高纬为防箭矢伤到他心爱的冯淑妃，抽取了攻城木料，就地砍伐大树，耗费兵力搭建远桥，以方便在桥上观看战事。

妫姜淡淡一笑，早听过高纬的荒唐事迹，不足为奇。

没过多久，夜色中有人窸窣而来，柳述低喝道："谁？"

"是太子殿下吗？"来人问。

"是我们。"

柳述打亮火折，见那人提着一盏未燃的灯笼，隐约可见面目。渐渐走近时，那人点亮了灯笼，想来一路摸黑是怕人发现。

那人穿着玄青的袍子，肩上蹲着一只猴子，正是柳述之前送信的那只猴子。走近了他看清两人，倒是认识妫姜，诧然道："不是殿下？"

妫姜叹了口气："平阳城的形势你是知道的，殿下万金之躯，哪能与我们出城，我们要设法前往涑川报讯，宇文宪有六万大军驻扎在那里。"

那人点了点头，交谈之下柳述才知道，这枚棋子竟然是妫姜早早建议太子安插下的，让杂耍班子混进齐国的军队，接近冯淑妃的侍女，买通她对齐帝进言。之前齐军骤然撤退，便是冯淑妃听侍女之言，认为天暗雨骤，观赏不到攻城盛景，强行要求退兵。

柳述听闻这种荒唐事，简直不可思议，瞪大眼道："这是什么皇帝？"

那人得意一笑："我之前观天色便知，今晚暴雨初歇，明日开始雨中夹雪，继而暴雪纷飞，天色依然昏暗不明，冯淑妃肯定认为不是攻城的好天气，便又能耽搁一天，你们放心报讯。"

"简直是太妙了。"

妫姜忽然又想起一事，道："听闻晋州城西有巨石，为圣人遗迹，你可以建议冯淑妃劝齐帝去观看,这样便又能拖延几日。"

那人连连点头。

"另外有一事相求,之前我们穿着齐军服饰,跟随撤退的齐军混出城来,根本无法带上战马,需要你设法帮我们找一两匹马,替换衣物,最好再带几支鸣镝。"

那人一一记下来,然后道:"没问题,天明之前就能办妥,你们等我的好消息。"他提着灯笼融入夜色之中。

这会儿雨停歇了,急风骤雨来得急去得快,柳述整出一块稍干的地,砍了些树枝,削去湿漉漉的外皮,打着火石点了好久都点不着,他索性撕了缕衣衫作引,好容易才冒出一点儿火星来,勉强燃起一堆火,然后将湿枝都拢在一旁烤干。

两个人在火堆边有了几丝暖意,谈论起齐帝来,都感叹后齐有这样的君主,焉得不亡?冯小怜简直是上天专门为这位昏君安排的绝配。

"说来我们可得感谢冯淑妃,若不是她,哪能拖了一次又一次。"

柳述"扑哧"一笑:"确实如此,冯淑妃可真是齐国之宝啊。"他将烤得半干的树枝一点点添进火堆,火势越发旺起来,两个人在火边打了个盹。

天明之前,杂耍班子的老板牵了匹马过来,马背上驮了他们要的衣物、鸣镝等,让他们赶紧出发,否则天亮后即将迎来纷扬的大雨,只怕路径不好走。

柳述与妩姜替换上衣衫,只留了盾牌和战刀,将盔甲全都弃下,然后上马离去。

果然天明后又淅淅沥沥下起雨来,雨中夹杂着雪片,拂在人脸上,一阵沁凉。纵马疾驰了一阵,雨渐渐停歇,雪如鹅毛般纷纷扬扬,晃悠悠落到丛林、树梢、泥地和人的肩上,且渐渐堆积起来,不再化去。

不过半个时辰,路上已经被薄雪掩盖,留下清晰的蹄印来。柳述肩上堆的雪片积了薄薄一层,妩姜在他身后,因身形娇小,雪花尽被他挡住,倒是没落多少。

"妩姜,你听见了吗?"

"什么?"妩姜没有柳述那样敏锐的听力,并没有察觉什么。

"有马蹄声从后面赶上来，还不止一骑。"

妩姜一惊之下回头，极目远眺，隐隐有几个小黑点正在缓慢接近。

"似乎真有人？"

"我预感不是什么好事。"柳述策马加快速度，然而他们只有一匹合乘的坐骑，无论如何也不可能快过后面的单人单骑，渐渐地，从后赶来的人马越发清晰，以肉眼可见的速度快速接近。

"糟了，好像真的是齐军！"妩姜不时回头，焦虑地发现最近的一乘骑士盔甲鲜明，极有可能是齐军。

"他们追击我们干吗？难道有人出卖我们？"

"太子安排的人绝不可能做这种事。"

"那就是他在牵马送物资给我们的时候行踪不慎，被人跟踪了。也不对，如果那样的话，该是早就追上来了，如何会等到现在？难道他不慎留下蛛丝马迹，后来被齐军察觉？"

妩姜忧心忡忡："无论如何，我们得快跑。"

"跑不了了，我们双人一骑，后面追兵单人单骑，你再看雪地上的马蹄印。"柳述的声音有几分沉重，但并不慌乱。

妩姜尚在想该如何是好，却听柳述又道："会骑马吗？"

"会一点点吧。"她下意识地答。她骑马的那一点儿经验都是跟着太子从皇家马场学来的，太子练射猎，她跟随去了几次，勉强算骑了几次马，都是有人牵着且性情驯良的御马，并不是这种疾驰的奔马。

"我下去拦住他们，你继续往前，切记一定要到达涞川。"

"不，我不能扔下你独自面对他们。"

柳述回头，朝她宽慰地一笑："不必担心，我是什么人，难道还怕这几个小人物？"

妩姜仍旧不停地摇头，她心底隐隐觉得柳述的安危比太子更重要，甚至比平阳城都重要。

"听话。"柳述的语调放柔，像哄小孩儿，但妩姜环着他的腰并不答话。

"前面的给我站住，不然放箭了！"追兵已经近到衣甲清晰可辨，声音也清楚地传来。

"为什么叫我们站住？如果确知我们的身份和任务，他们应该是远远射箭，毫不留情才对。"妩姜心里升起一丝疑惑。

此刻柳述容不得她多思索，将缰绳交到她右手，喝道："握紧，无论如何都不要松手！"然后掰开妩姜环在他腰间的左手，嗖地从马上纵身跃下，就地打了几个滚，扬声道，"快走，快走！"

妩姜失声叫喊："我其实不会骑马啊！"

柳述一惊，心里凉了个透彻，骂道："笨丫头，不会骑刚才为什么不说！"

追兵的声音盖过了他们，有人大喝："放箭！射那个马上的，另一个是大周太子，要捉活的！"

"射马腿！"

柳述完全不明白他们的意思，但本能驱使他将战刀挥成一团，持盾挡住来路，射来的箭因为要避忌他，全都落了空，另有几支射在他的盾牌上，箭折落地。

妩姜本不肯就此离去，但听到了追军的喧嚣之声，反倒改变了主意，低伏在马背上，双手握紧缰绳，一边努力维持着平衡，一边想着太子曾经指点过几句如何策马疾驰的话，下意识地去控制奔马。渐渐地，她已能稳住马背上的身体，迅速扭头看了一眼，见柳述将那几名追兵全都拦下，正在激烈交战。对方有十来人，似乎投鼠忌器，并不愿伤害柳述。

妩姜渐渐定下心，回想起追兵所说的话，理顺了思路，这群人应该是接到不知何处的密报，认定柳述是太子，以为他们想趁乱逃出平阳城去，才策马拦截。

他们接到的任务是生擒太子，因此柳述应当不会有性命之危。再说柳述身手矫捷，远在齐兵之上，以一对十或许不成问题。她这么想着，强迫自己安心下来，不顾一切地控着缰绳向前继续疾奔。

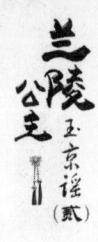

那边柳述不慎中了一刀,恰好划破他的衣衫,怀里的太子腰牌铛地落在地上。

"快看,真的是大周太子令,小心别伤了他性命,万不得已时只能砍伤他手脚。"

柳述发现太子这个身份是自己的保命符,当下喝道:"没错,本太子死了可就不值钱了,你们可无法向齐帝交代!"

这样一来,对方十多人围着他,反而乱七八糟,无从下手,反被他砍倒两个。

（四）

大雪纷飞中，妩姜策马加鞭，直奔涑川。

远远望见宇文宪的驻兵营地，妩姜向天射出鸣镝，边奔边喊："我是太子亲卫，求见宇文宪！"

营地巡守侍卫听见呼叫，持枪迎上来，狐疑地问："你说什么？"

"平阳遭围困，梁大人命我向宇文将军求援！"

"停下，停下！"侍卫眼见妩姜快马冲往营帐，纷纷吆喝。

"我不会……我停不下来了……"妩姜奋力勒着缰绳，却控制不住奔马。

守卫再三拦截，才将妩姜从奔马上弄下来，看她一身狼狈的样子，不禁产生疑虑："梁大人怎会派你这样无用的小兵来求援？连马都不会骑，你有信物或令牌吗？"

"令牌在我同伴那里，他被齐军追兵拦截了，快让我见宇文大人，他认识我，能证明我的身份。"

妩姜终于安全抵达宇文宪营帐，当宇文宪听说太子尚在平阳城被围困时，大惊失色，迅速发兵前往平阳。半途中，他们遇到受伤躲藏的柳述，原来那日他解决了十多名齐军追兵，只因有人临死拼命反戈一击，令他受了不少伤，幸好没伤及筋骨。

宇文宪领兵攻至平阳城下时，齐帝高纬正搂着他的冯美人笑谈这场毫无悬念的战争，一心想让冯淑妃见识一下什么是英雄。

宇文宪率军杀来时，齐军斥候密报对方人马，高纬觉得六万人马全不在他话下，对冯淑妃笑言："看我齐国大军如何杀光大周士兵！"

城内殊死抵抗，城外包围攻打，很快大周便迎来了第二拨援军——周帝宇文邕亲率大军赶赴。

平阳城开战之初，齐军曾从城南乔山至汾水之间挖出一道濠沟，以防周军突袭，此刻这道壕沟倒是起到了防御作用，周军绕平阳城列阵，齐军则在沟堑以北严阵以待，为了让冯淑妃见识到高纬所谓的"英雄之气"，

齐军半步不退。

怎奈此刻齐军久攻平阳不下，已趋疲乏，而周军养精蓄锐初战，久攻之下，齐军终于稍稍撤退。

周军营帐边缘搭起高台，妩姜爬到高处俯瞰战火硝烟，枪戟纵横，双方一时竟势均力敌，虽齐军稍退，但并没有那么快战败。她远望齐军营帐，心中默想，这场战事终于要结束了。

齐军营帐内，此刻正发生一阵骚乱，最先响起的是冯淑妃的声音，哪怕充满惊慌依然悦耳动听，齐帝最爱的美人此刻尖叫的却是："齐军败了，齐军要败了！快跑啊！"

齐帝营帐周围传来数道与之相和的呼叫："我军要败了，大家快撤啊，跑晚了就没命了！"呼叫声中夹杂着猴子吱吱的叫唤。

军中将士不明所以，接二连三地有人大呼小叫起来，逃亡与撤退的口号瞬间传遍了齐军营帐包括前线战场，正在抵御周军的将士们斗志全无，军心大乱，连战连溃，无数人后退逃窜。此刻高纬再也不记得要做天下英雄的豪言壮语，搂着他的冯美人带着溃军败逃晋阳。

至此，周军平阳之战大捷，宇文邕做的第一件事便是派遣将士进城寻找太子，将惶然不安的太子从民居中搜了出来。

宇文邕听说太子身着平民服饰，灰头土脸藏身民居柴房时，本来气不打一处来，但太子神清气足，侃侃道："此战大捷，儿子其实不无功劳，之前派细作打入齐军阵营，令冯小怜蛊惑高纬，拖延战事，又怂恿她大呼齐军败落，我军才大获全胜。"

宇文邕这才得知，冯淑妃种种奇闻逸事皆源于太子一早的设计，不由得对他刮目相看，眼中尽是赞赏之意。只有太子自己心中清楚，真正献策施计的并不是他，而是他身边那个出身掖庭的小宫女。他虽然抢了头功，心中却记下了妩姜的才智，不由得为她叹服。

妩姜全然没考虑贪功之事，她安抚了安插在齐军中的杂耍班子，替太子给予了他们奖励，又登上了高台，望向早已人去营空、一片狼藉的齐军营帐，深深思索着自己报讯时被追杀的事。

"你可立了大功，待在这里想什么呢？"

听到柳述的声音，妩姜并没有回头，她仍是若有所思地望着远方。

柳述又添了一句："只是你这功劳，怕是得不到多少奖赏了，听闻安插细作这一奇计，都是太子殿下暗中设计的，陛下也信了。"

妩姜这才回过神看着他，淡淡一笑："这有什么关系呢？我是太子的奴婢，我替他出主意，得他采纳才行，他若不实施，仅凭我一个小小宫女，只能是空想而已。所以功劳归他，也是理所当然。"

"你……"柳述为之气结，他替妩姜不愤，却见到她轻描淡写的笑容。

"但是中间有件事很古怪，我后来向安插的探子打听过，就在他给我们马匹逃去报讯当日，有人设法通知了高纬，说大周太子携令出城求援，让齐军务必拦截。因此他们才会将你当成了太子……若不是如此，只怕你当时以一当十，也难以招架。"

"没错。"柳述深以为然，也很纳闷，"究竟是谁放出的消息？他得知我们报讯没错，可为什么要说我是太子呢？"

"我猜，她的目的不是你，而是我。"妩姜意味深长地看着他，"她是想借高纬这把刀杀我，可高纬却下令要捉个活太子，所以对你格外开恩。"

"你？笑话！你一个小宫女，谁与你有仇？"

妩姜轻叹了口气："我也不知道，但愿只是我的猜测。两军交战之际，能令齐帝深信不疑的人，除了齐军的探子，就只有身份特殊的人。"

"身份特殊？"柳述蓦然想起一个人，"高……她可是齐孝昭帝的女儿，虽然她兄长已死，继位的是高纬，但他们终究是同宗，也是能令高纬相信的人。"

"希望是我的猜测有误，毕竟她这样的行为，在两军交战之时发生，伤害的不止是我，还有太子殿下乃至周军的胜败。"

"这件事你应该跟太子说清楚。"

妩姜弯起笑眼："不必担心，我不会害怕她。"

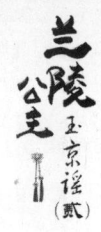

"那当然了,你是谁啊,你是打不死的妩姜,跟蟑螂似的强悍……啊,救命!"

"柳述,今天我不会饶了你!"

高台上两个人追逐笑闹声中,周军胜利的号角再次吹响,周军将乘胜追击,彻底吞灭后齐。

——本季完——

篇外之

劫后相见

妩姜随齐王宪的军队进入平阳城后，便立即离开军队去周军营帐寻找太子了。

听闻太子被宇文邕从民居带回来问话后一直就在营帐未曾离开，还遣了人到处找她，让她即刻便去觐见。

妩姜挑开帐门进去，倒是呆怔一下，看见个一身粗布衣衫的少年不安地走来走去，灰头土脸的，一时不敢相认。

听到声息，那个少年蓦然回首，与妩姜四目相顾，两个人的表情都有几分僵硬。

妩姜是不敢相信这个衣上还残留着柴草屑、脸上犹有烟灰的少年是高高在上的太子殿下；太子是莫名地恍若隔世，似乎不敢相信她就这样安然归来。

妩姜仍穿着周军士卒服饰，娇小的身材被裹在皮甲之中，紧束的腰身显得那身衣衫过于宽大不合体，黑发高束，露出明净的额头来，居然有几分娇俏的英姿。

"你看起来……还挺像那么回事的。"太子心里明明十分关切，想要知道离别后她的情况，却不惯于嘘寒问暖，脸色便十分别扭，眼神中流露出关切，面上却又想克制自己。

妩姜却没他那么多心思，快步上前行礼，然后拍打着他身上的草屑，又举起袖子去擦拭他脸上的灰，蹙眉道："太子殿下怎么把自己弄得如此狼狈？"

太子站着不动，乖乖地任由她擦拭。她见衣袖并不能完全擦净他脸上的黑灰，便用指腹在他脸上一点点蹭去灰迹，轻声叹气："殿下受了不少委屈吧？"

"没有，只是待在那户人家柴房里的时候，百无聊赖帮着添了些柴火，就弄成这样了。"太子有些心不在焉，好一会儿才答了她的话。

那时候他的心里其实在想，自己身为太子竟然如此无用，让一个柔弱的小宫女为自己出生入死去冒险，真不知道她穿过千军万马顺利去求援会不会遇上危险。

所以在他知道自己安全后，一直在帐内徘徊，甚至无心收拾自己，就是因为派了许多人出去打听妧姜的下落，却始终见不到她，他实在是难以安心。

"奴婢去打些热水，让人伺候您洗浴更衣吧。"

"不。"太子突然抓住她的手腕，拉着她坐下，"跟我说说你的经历吧。"

妧姜想了想，将她和柳述的经历娓娓道来，说到惊险处，太子的手心沁出汗来，浸湿了她的手腕。

但是听到柳述抱着她共乘一骑时，太子脸色陡然一沉，五指下意识地扣紧。

妧姜陡然觉得腕上如同多了道铁箍，蹙起眉来，惑然不解地看着太子，又低头看看他扣紧自己腕上的手，指节发白，似乎要将她纤细的手腕捏碎，痛疼不已。

太子察觉到自己的失态，微松了手，但依然是没放开她的手腕，脸色沉沉地看着她："你是本殿下身边的人，又是宫中女官，下次不要和那种低等的侍卫走那么近。"

"此次奴婢能脱围求得援兵，柳述功不可没。"妧姜的语调虽然温婉，但透着股不屈的坚定。

太子不语，明知她说的是事实，心里还是很不痛快。

妧姜又道："那时候没有办法，只有那么一匹马，还是好不容易才盗得的。"

太子脸色缓和了些，继续听她说。

待太子说完自己的经历，妧姜刚想重提让太子去沐浴更衣，突然被他拥抱了一下，听他在耳边轻声说："我不想这样，我不希望被你保护着，做一个太平无忧的太子。所以，等我君临天下的那一天，不会让你再有任何危险。"

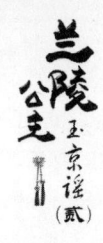

妣姜瞬间沉默了。

也许太子暴戾、阴沉，喜怒无常，但是这一刻他的声音如此温柔，她相信他完全出于真心。

如果不是身在皇家，有重重压力不可对人言，他不会如此压抑自己。其实，他也有别人所不能触及的柔软的一面。

篇外之

心存忧患

平阳一战大捷，刺史梁士彦虽竭力稳定民心，但平阳百姓终究因为这一战而疲累忧心，况且修葺城楼征招百姓，多少有劳民伤财之事。

妩姜和柳述走在平阳街道上，大多百姓看见他们都只讨好而畏惧地微笑着躲开，皆因他们一身的军服。

后来他们觉得无趣，索性回去换了便装再上街去。

"娘，不是说齐国皇帝不是好人吗？那这北周皇帝来了，咱们平阳城将来是不是便会丰衣足食了？"道旁，一个衣衫褴褛的小孩儿天真地扯着母亲的衣角问。

妩姜闻声看去，一对母子正蜷缩在街边，面前放着一只缺了口的碗，里头有几文小钱。

母亲低垂着头不答孩子的话。

孩子又扯母亲的衣角："娘，爹什么时候回来？"

"你爹不会回来了！"母亲突然暴怒地回应了一句，随即颤抖着举袖不停拭泪。

看得出来，她情绪异常却在辛苦压抑，声音还压得低低的，似乎怕人听见。

"为什么？"

"你爹……被那梁大人拉去征兵修葺城墙，让……让流箭射中……"

孩子似乎还不明白死亡是怎么回事，呆呆看着她。

母亲似被引发了心中的愤懑，轻声道："不管周帝、齐帝，都不是什么好人，他们只会你攻打我，我攻打你，到头来苦的只是咱们百姓。什么太平天下，衣食无忧……你看，咱们连家中唯一的支柱都没了，你我孤儿寡母，将来有何可依？"

妩姜听不下去了，她默默地翻遍身上，掏出所有的碎银铜钱，轻轻放进母子面前的碗里。

柳述跟着把自己的钱袋扔进去。

母子二人惊愕地抬头，然后不停磕头："谢谢……谢谢二位大爷……"

妩姜犹在辛酸，柳述已轻轻拉着她离开。

走远了，妩姜犹自回顾一眼，见母子二人颤抖着收了碗，拿钱去买吃的了。孩子显然饿了很久，抓着刚买的包子，在两手间抛来抛去地吹着，恨不得立刻塞进嘴里。

她总以为周军是正义之师，而齐帝昏庸荒唐，可现在才发现，以任何名义去引发的战争，对百姓而言都是场灾难。

"我们……错了吗？"妩姜抬眼望天，轻声问。

"没有，让高纬那样的昏君继续把持朝政，才是更错的事。虽然战争残忍，但这是跳不开的一步……我们逆不了天，只能在战争中尽量减少对他们的伤害。"

"希望有一日天下一统，不再有列国纷争。"

柳述点点头，轻轻执起她的手，温柔对视。他甚少有这样没有嬉笑的神情和刻薄的语言的时候，有的只有包容和安慰。

两人牵着手静静往前方走，妩姜心里涌起前所未有的模糊念头，想要拥有可以改变天下的力量，想要让众生太平的力量。

只是她还不知道究竟该如何去做，更不知道如何才能拥有她想要的力量。

"妩姜……"

"太子……太子也许是我的希望。"

柳述莫名其妙地看着她。

妩姜心里想的是，太子如果掌权，也许可以对她听从一二，希望她从旁协助，能让太子成为一代明君，造福苍生。

可是柳述完全不知道她在想什么，只是看她犹在呆呆出神的模样，难言的复杂情绪涌上来，他重重地哼了一声，莫名的酸楚让鼻尖微微发红。

太子能给她什么希望呢？自然是与他尊贵的身份有关。否则她不会忽视他这个近在咫尺的朋友，想到那个名声不佳的太子。

妩姜回过神来，微笑："我只是想着，太子若掌权后能造福百姓，那也是件好事。"

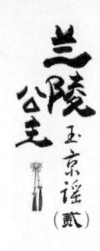

"我可不觉得他能做个好皇帝。"虽然约略明白了妩姜的心思,柳述还是很不痛快,甩开她的手径自往前走,将她远远撇在后头。

柳述分明是气恼她更重视太子的身份,而他一介侍卫,能力有限,不能给她太多的帮助。

"等等我。"妩姜一溜小跑,还是跟不上柳述的大步流星。

她转了转眼珠,弯下腰去,大声叫:"哎哟!"

柳述果然回头。

她作出痛苦的神情来:"你……你不等我,我追不上,扭了脚。"

"真的?哪儿扭伤了?"柳述关心情切,回头去扶她,帮她揉着"扭伤"的脚踝。

"好些吗?"

"不好,很疼。"

"我背你吧。"柳述不由分说将她负在背上。

妩姜心里窃笑,在他耳边吹着气,看着他慢慢红起来的耳朵,轻声唱起了小曲。

小柳树可真容易上当,她心里想。

意林品牌书系推荐

意林女生文学·《小小姐》品牌书系　为中国女生量身打造，纯正、阳光、向上，优质女孩喜爱的文学品牌

萌灵小说系列

书名	价格
《悠莉宠物店 I》	18.80
《悠莉宠物店 II》	18.80
《悠莉宠物店 III》	19.90
《悠莉宠物店 IV》	19.90
《悠莉宠物店 V》	19.90
《悠莉宠物店 VI（大结局）上》	19.90
《悠莉宠物店 VI（大结局）下》	19.90
《封印之书·九尾狐》	19.80
《封印之书·独角兽》	19.80
《玛丽晴异闻录》	19.90
《薇妮天使旅行》	19.90
《苍岛有风①·人鱼过境》	19.90
《萌物委托社①世外萌龙天然呆》	22.80
《寻妖记①紫眸半尾狐》	22.80
《寻妖记②神秘宠物师》	22.80

冒险励志系列

书名	价格
《迷藏·海之迷雾》	18.80
《迷藏 II·月影迷踪》	19.90
《迷藏 III·幻梦迷城》	19.90
《迷藏 IV·迷梦神域》	19.90
《花与梦旅人 I》	19.80
《花与梦旅人 II》	19.90
《花与梦旅人 III》	19.90
《花与梦旅人 VI（大结局）》	19.90
《花与守梦人①·大公的苏醒》	19.90
《花与守梦人②·占星师的眼泪》	19.90
《花与守梦人③·王陵的秘密》	19.90
《花与守梦人④·献祭之花》	21.90
《花与守梦人⑤·幻铃歌》	24.90
《萌侦探纪事 I》	18.80
《萌侦探纪事 II》	19.80
《萌侦探纪事 III》	19.80
《萌侦探纪事 IV（大结局）》	19.90
《迷宫街物语》	19.80
《艾蜜儿宇航日记》	19.90

幸福蔷薇系列

书名	价格
《蔷薇少女馆 I》	18.80
《蔷薇少女馆 II》	18.80
《蔷薇少女馆 III》	19.90
《蔷薇少女馆 IV》	19.90
《蔷薇少女馆 V》	19.90
《蔷薇少女馆 VI》	19.90
《蔷薇少女馆 VI（终结篇）》	19.90

浪漫古风系列

书名	价格
《七寻记 I》	18.80
《七寻记 II》	19.90
《七寻记 III》	19.90
《七寻记 IV》	19.90
《七寻记 V》	22.90

果绿年华系列

书名	价格
《蝴蝶飞过旧时光》	19.80

书名	价格
《第一女执政官》	19.90
《风之少女琪琪格》	19.90
《霓裳小千金》	19.90
《两生花开时》	22.00
《风云俏萝莉》	19.90

月舞流光系列

书名	价格
《前方江湖请绕行》	19.90
《前方江湖请绕行 II》	19.90
《前方学院请绕行 III》	19.90
《前方学院请绕行 IV》	21.90

萌淑女驾到系列

书名	价格
《萌淑女驾到之美女训练营》	19.80
《萌淑女驾到之天使候补生》	19.80
《萌淑女驾到之人鱼的信奉》	19.90
《萌淑女驾到之天鹅公主成人礼》	19.90

星愿大陆系列

书名	价格
《星愿大陆①·天命巫女》	19.90
《星愿大陆②·白银蔷薇》	19.90
《星愿大陆③·幻月手杖》	19.90
《星愿大陆④·永恒星钻》	19.90
《星愿大陆⑤·夜之王子》	19.90
《星愿大陆⑥·晨光微曦》	19.90
《星愿大陆⑦·琉光暗影》	19.90
《星愿大陆⑧·绯月印痕》	20.90

星月花冠系列

书名	价格
《星月花冠①·暗夜使臣》	19.90
《星月花冠②·蔷薇之祭》	19.90
《星月花冠③·花都幽灵》	20.90

浪漫星语系列

书名	价格
《处女座：完美年华初相见》	20.90
《天蝎座：假面黑桃Q》	20.90
《双子座：闯进你的孤单星球》	20.90
《巨蟹座：追梦的水晶鞋》	20.90
《天秤座：优雅走过下雨天》	20.90
《白羊座：裙摆是花开的地方》	20.90
《摩羯座：寄给青春一座城》	20.90
《双鱼座：浪漫满分灰姑娘》	20.90
《金牛座：微笑天使倔强心》	20.90
《金牛座②：时光温暖倔强心》	21.90
《狮子座：再会，骄傲小时光》	20.90
《水瓶座：星光偶像少年蓝》	20.90
《天秤座②：梦想过境下雨天》	20.90
《天蝎座②：假面双生花》	21.90
《浪漫星语（白羊卷）·101度少女心》	22.00
《浪漫星语（金牛卷）·别碰我的小倔强》	24.90

小 MM 迷你爱藏本

书名	价格
《蝴蝶停在十六岁》	18.80
《焦糖玛奇朵天使咒》	18.80
《那一年，花开半夏》	18.80
《雨季微凉时》	18.80
《只穿一天公主裙》	18.80
《月色银蔷薇》	18.80

书名	价格	书名	价格
《傲娇公主的美丽回旋》	18.80	《蝴蝶蓝（第三季）·落跑小郡主》	19.90
《花田明月照年少》	18.80	《蝴蝶蓝（第四季）·乌龙寻宠记》	19.90
《亲爱的小气鬼》	18.80	**班花朵朵系列**	
《青春如诗，静谧花开》	18.80	《班花朵朵①·我是艺术生》	20.90
《不负远方有梦想》	19.90	《班花朵朵②·电影初体验》	20.90
《少年锦时飞蝴蝶》	19.90	《班花朵朵③·偶像保卫战》	20.90
重磅作家系列		《班花朵朵④·追梦交换生》	20.90
《薄荷香女孩》	19.80	**现在是女生时代系列**	
《不说再见好吗（上）》	17.90	《现在是女生时代！》	28.80
《不说再见好吗（下）》	17.90	《现在是女生时代！②·我们闺蜜吧》	28.80
《风走过树林》	17.90	《现在是女生时代！③·女生都是小怪物》	28.80
《忆棠的夏天》	17.90	《现在是女生时代！④·嗨，女孩，你好漂亮》	28.80
唯美新漫画系列		《现在是女生时代！⑤·女生有七种"超能力"》	32.80
《钢琴小淑女（第一季）》	17.90		
《钢琴小淑女（第二季）》	17.90	《女生都是小怪物②·半糖女孩琉璃心》	25.80
《钢琴小淑女（第三季）》	17.90	**小MM六周年主题书**	
《钢琴小淑女（第四季）》	17.90	《淑女王冠》	29.80
《钢琴小淑女（第五季）》	17.90	**欢乐联萌系列**	
《钢琴小淑女（第六季）》	20.90	《养只萌呆镇镇宅①》	19.90
《最佳女主角（第一季）》	18.80	《养只萌呆镇镇宅②》	19.90
《最佳女主角（第二季）》	19.90	《养只萌呆镇镇宅③》	19.90
《天鹅座·鹅黄》	18.80	《养只萌呆镇镇宅④》	19.90
《天鹅座·柳青》	18.80	《养只萌呆镇镇宅⑤》	19.90
《天鹅座·冰蓝》	18.80	《养只萌呆镇镇宅⑥》	21.90
《天鹅座·禧红》	18.80	《萌师上线，顽徒请签收①》	19.90
《天鹅座·蜜粉》	18.80	《萌师上线，顽徒请签收②》	20.90
《天鹅座·浅紫》	18.80	《千金当道（一）》	20.90
《天鹅座·甜橙》	18.80	《千金当道（二）》	20.90
日光倾城系列		《千金当道（三）》	22.90
《巧克力色微凉青春Ⅰ》	20.90	**天使在身边系列**	
《巧克力色微凉青春Ⅱ》	20.90	《路过心上的哈士奇》	20.90
《巧克力色微凉青春Ⅲ》	20.90	《当心！浣熊出没》	20.90
《浅蓝色时光舞步Ⅰ》	20.90	《萌动之森①·雪地精灵伶鼬》	20.90
《女生宿舍Ⅰ·南栀向暖》	20.90	**公主天下系列**	
《女生宿舍Ⅱ·橙歌向北》	21.90	《清河公主·洙宛传》	22.80
纯美小说系列		《金城公主·簪花引》	22.80
《少女果味杂志书①：甜心草莓号》	14.80	《清河公主·洙宛传（贰）》	22.80
《少女果味杂志书②：蜜桃慕斯号》	14.80	《海盐公主·鸾凤引（壹）》	22.80
《少女果味杂志书③：焦糖布丁号》	16.80	《兰陵公主·玉京谣（壹）》	22.80
《少女果味杂志书④：香草海绵号》	16.80	**小MM花漾青春版**	
《少女果味杂志书⑤：可可森林号》	18.80	《少女说①·花醒了》	22.80
《少女果味杂志书⑥：果果米苏号》	18.80	《少女说②·青春里的不速之客》	22.80
《少女果味杂志书⑦：香橙泡芙号》	18.80	《少女说③·梦想岛屿》	22.80
《少女果味杂志书⑧：樱桃芝士号》	18.80	**极致小清新系列**	
《少女果味杂志书⑨：蓝莓布朗号》	18.80	《女孩子的清甜小说绘①·淡白栀子号》	20.90
《少女果味杂志书⑩：薄荷方糖号》	18.80	《女孩子的清甜小说绘②·浅草茉莉号》	20.90
《少女果味杂志书⑪：樱花紫苏号》	18.80	《女孩子的清甜小说绘③·鸢尾蝴蝶号》	20.90
《少女果味杂志书⑫：柠檬红茶号》	18.80	《女孩子的清甜小说绘④·冰蓝花楹号》	20.90
蝴蝶蓝系列		《女孩子的清甜小说绘⑤·雨夜蔷薇号》	20.90
《蝴蝶蓝（第一季）·千面桃花姬》	19.90	《女孩子的清甜小说绘⑥·风铃花语号》	20.90
《蝴蝶蓝（第二季）·紫莲山庄》	19.90		

"意林·轻文库"品牌书系 倡导校园小说阅读新潮流

绘梦古风系列		《凤九卿（二）》	23.80
《公主驾到》	23.80	《凤九卿（三）》	23.80
《凤九卿（一）》	23.80	《凤九卿（四）》	23.80

书名	价格	书名	价格
《凤九卿（五）》	24.80	《世界第一的公主殿下①》	23.80
《凤九卿（六）》	24.80	《世界第一的公主殿下②》	23.80
《美人千千泪西楼》	23.80	《世界第一的公主殿下③》	26.80
《郡主驾到·壹》	24.00	《挥手告别小时光》	23.80
《郡主驾到·贰》	24.00	《少年住在云之彼岸》	23.80
《木兰帝（上）》	23.80	《我的青春，以你为名①偶像来了》	23.80
《木兰帝（下）》	23.80	《微甜少女触心记①云间少年》	25.80
《俏娇小仙闹皇宫》	23.80	**暗影迷踪系列**	
《连城赋（上）》	23.80	《终极推理事件簿》	22.80
《连城赋（下）》	23.80	《超级学园探案密码》	22.00
《凤诀歌（一）宫变》	26.00	**奇幻仙境系列**	
《凤诀歌（二）离巢》	26.00	《玫瑰帝国·荆棘鸟之冠》	25.80
《千凰令（一）凤鸣倾城》	20.80	《玫瑰帝国·黑羽蝶之翼》	25.00
《千凰令（二）情牵一线》	20.80	《玫瑰帝国·白蔷薇之祭》	26.80
《千凰令（三）君心不负》	20.80	**新炫武侠系列**	
《千凰令（四）万兽听封》	20.80	《邻家武圣》	23.80
《千凰令（五）假凤虚凰》	22.80	**星光璀璨系列**	
《千凰令（六）江山为聘》	22.80	《轻星球·仙女星云号》	19.80
《散财皇妃》	24.80	**灵气少女系列**	
《千金逍遥纪①少主出山》	25.80	《星有灵犀遇见你》	20.80
《赝妃传奇（一）"谜"宫》	25.00	《萌熊改造计划》	20.80
《赝妃传奇（二）妃嫁》	25.00	《守护极速甜心》	20.80
恋之水晶系列		《元气星女倾城记》	20.80
《世界第一的假面殿下》	25.00	《公主病》	20.80
《脱线萌星易容记》	25.00	《女王当道①放开我家那棵校草》	20.80
《指尖花凉忆成殇》	22.00	**美少年系列**	
《欢歌犹在意微醺》	22.00	《辰荒学院的美少年①奇异校规》	22.80
《欢歌犹在意微醺Ⅱ》	22.00	《辰荒学院的美少年②正统之争》	23.80
《欢歌犹在意微醺Ⅲ》	26.80	**轻舞飞扬系列**	
《绯色樱花圆梦纪Ⅰ》	23.80	《毛毛熊的浪漫樱花雨》	19.80
《绯色樱花圆梦纪Ⅱ》	23.80	《发梢轻绾茉莉香》	19.80
《见习保镖呆呆兽》	25.00	《迷迭香在青春里绽放》	19.80
《可可少女梦想纪》	25.00	**私人定制少女馆**	
《后天男神①》	25.00	《恋恋星煌十二宫》	25.00
《后天男神②》	25.00	《守护十二生辰石》	25.00
《后天男神③》	25.00		

小MM新晋古风作者沉香子
倾情谱写古代"学院少女"励志传奇！
《兰陵公主·玉京谣（壹）》

杨府第五女妡姜自幼被作为罪奴送至掖庭，在恶劣的环境下谨慎成长，见惯了欺凌却不改赤子之心。从掖庭到四司，她助人为乐不计得失，侠肝义胆不惧权威，天赋异禀令四司教习争相收其为徒。妡姜、高芷等人中选，前往四司修习技艺。学业繁重，少女们互相竞争，有的聪明伶俐，有的暗中使坏，有的独善其身，有的古道热肠，在宫廷的风云席卷中，她们互为羁绊、互相牵扯。

且看罪奴少女如何在专业技艺上推陈出新，步步稳进，险境逢生，逆流而上！

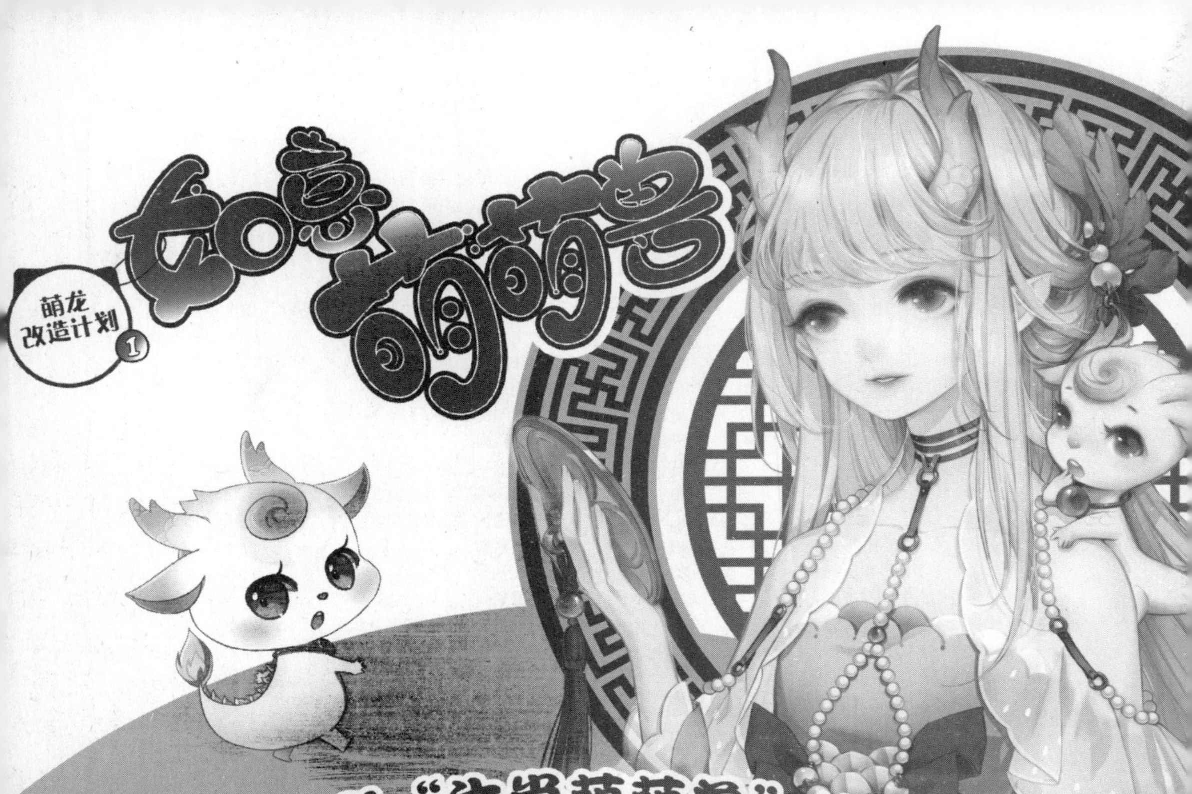

如意萌萌兽

萌龙改造计划 ①

小MM重磅系列 "生肖萌萌兽" 第二弹Q萌上市

始于误会的相识，迫于无奈的结伴，"好色"之龙翻身大改造！

生肖龙：祥瑞、尊贵与皇权的象征。

内容提要：

大贤的选美大会上，郡主赵芊芊刚夺冠便被恶龙掳走。天玑阁"吊车尾"术士沈夜临危受命，前往九色山屠龙。未料，面前的巨大恶龙摇身一变，竟成了妙龄少女龙小小。

震惊！恶龙掳走少女竟是因为——寻找美容秘方！

恰逢仙界竞技大会举行，群英汇聚，龙小小、沈夜和赵芊芊决定前去碰碰运气，三个人此行均是各有心思。

龙小小的内心：只要能脱胎换骨变美女，别说修行，修马桶都行！

沈夜的内心：只要能拜得大仙为师，看以后谁还敢说我除了帅一无是处？

赵芊芊的内心：这两个人真能保护我闯荡江湖吗？我要不要换一波队友？

看似平静强大的仙界，暗里却正遭遇重重危机。群仙献计玉帝，为守护三界和平，应团结一切力量，对抗卷土重来的敌人……

于是，在西海龙太子领队下，一行人再次踏上险途。

前有山后有虎，敌人步步挖坑，他们屡屡中计，摆在面前的只有两条路：一、出卖队友；二、牺牲自己。

是执着于一己私心，还是化小爱为大爱？

原来，三界最美，不过团结友爱之心；三界最强，亦不过团结友爱之心。

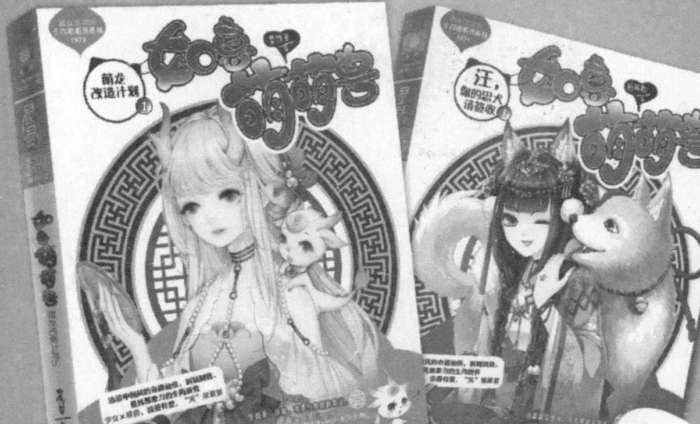

24.90元 定价

当古老传说遇上另类少女，当生肖神话遇上萌宠仙侠，属于每个女生的宠兽故事，现在开始！生肖狗的传说-《汪，你的忠犬请签收》已于2018年1月上市，本系列其余十只萌兽正在集结归队，《傲娇仙君乖乖蛇》《仙界第一咕咕鸡》……即将上市，敬请期待。